格帝亞少女 純血烙印

Goetia

02

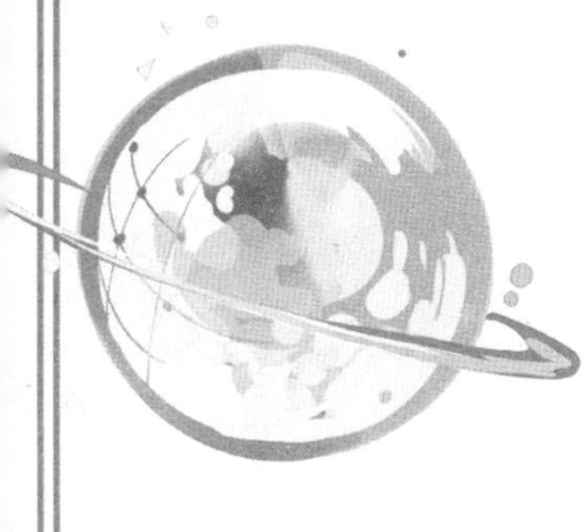

暮雨
年齡：二十一歲。
個性：魔鬼上司，眼神銳利，總是一副生人勿近的樣子。
身分：時空管理局第二分局武裝科科長。
烙印：右手腕內側。沒有影子。
白火
年齡：十八歲。
個性：溫厚老實，卻很常在心裡吐槽他人。
身分：時空迷子。
烙印：左手手背上。沒有影子。

?

艾米爾・沃森

年齡：十六歲。
個性：溫和的模範生，實則是勞碌命、意外的毒舌。
身分：時空管理局第二分局鑑識科科員。
烙印：右手手背上。沒有影子。

?

安赫爾・布瑟斯

年齡：二十六歲。
個性：吊兒郎當，玩世不恭，唯恐天下不亂的享樂主義者。
身分：時空管理局第二分局局長。
烙印：右眼眼瞼下方，延伸到上眼皮。沒有影子。

諾瓦爾

年齡：二十五歲。
個性：輕浮、帶有危險氛圍的神秘青年，擁有一雙邪魅的貓眼。
身分：AEF成員。
烙印：頸部。有影子。

陸昂

年齡：二十二歲。
個性：給人狡猾狐狸印象的青年，笑裡藏刀，心狠手辣。
身分：AEF成員。
烙印：右手手背上。有影子。

芙蕾希雅・克蘭

年齡：二十六歲。
個性：剛強豪爽的大姐，擅於照顧人。
身分：時空管理局第二分局鑑識科科員。
烙印：無。有影子。

路卡・伯恩

年齡：二十二歲。
個性：充滿正義感，為數稀少的正常人。總是被整的可憐蟲。
身分：時空管理局第二分局武裝科科員。
烙印：左手臂。沒有影子。

荻深樹

年齡：二十四歲。
個性：思維異於常人的缺陷美女，喜好怪力亂神之事。
身分：時空管理局第二分局武裝科諜報組通訊官。
烙印：左手臂。沒有影子。

雪莉・米利安

年齡：十六歲。
個性：可愛甜美，只是性格上似乎有某種遺憾……？
身分：時空管理局第二分局武裝科科員。
烙印：腳踝。沒有影子。

朔月

年齡：推估三百歲以上。
個性：憨厚老實的鄰家大哥，反應遲緩。
身分：異邦龍族。時空管理局第二分局調停科科員。
烙印：無。有影子。

榭絲卡

年齡：二十三歲。
個性：性感神秘的蛇蠍美人，以玩弄男人爲樂。
身分：AEF成員。
烙印：右大腿外側。有影子。

約書亞

年齡：二十五歲。
個性：溫柔善良，滿溢著慈悲的美青年。
身分：不明。
烙印：不明。

Contents

楔子 新的身分，新的生活

歷經將近一個月的受訓，總算來到了今日。

白火站在穿衣鏡前轉了一圈。平時她並不會多注重打扮，衣服只要穿出去能見人就好，何況現在又是回不了家的時空難民，會站在鏡子前打量自己實在稀奇。

她會特地站在鏡子前，是因為換上了一身黑色輕軍裝的緣故。

頸子外圍的黑色立領，簡潔俐落的剪裁使她的身體曲線更加挺拔，穿上和軍服配成一套的黑色軍靴，胸口還別著象徵管理局武裝科的胸章。褲裝材質充滿彈性，相當適合活動。

這還是她第一次穿制服……

從小就在家裡自學的她，根本沒有機會像一般人那樣去學校上課，制服什麼的當然連碰也沒碰過。此刻鏡中的自己，霎時有種專業而莊重的氛圍。

「白火小姐，可以進去了嗎？」門外傳來艾米爾的聲音。

「請、請進！」白火看著鏡中的自己一時看得迷糊，愣了一會兒才回答。

獲得允許的艾米爾走進房內。

雖說同樣是白火的房間，不過由於白火已經被納入武裝科，房間也從醫療科的迷子收容處移動到了管理局局員專用宿舍。

從今日起，白火正式成為時空管理局武裝科的一員。

房內格局和家具沒什麼變動，不過既然正式加入管理局，有了工作，今後就可以用薪水買其他東西來布置房間了。

「太好了，看來尺寸很剛好呢。」艾米爾看著換上武裝科制服的白火，高興一笑。

「感覺有點不習慣……會不會很怪啊？」

「怎麼會呢？我覺得相當適合妳喔。」

經過一個月左右的實習訓練，今天是白火正式以武裝科科員身分報到的日子。或許是意識到自己有了新使命，一換上武裝科的黑色軍服，她精神登時抖擻了起來。自己今後已經不再只是迷子了，而是確確實實的管理局局員。

艾米爾也是因為今天是白火第一天上任，特地在上班前來到白火的房間為她打氣。

「一開始完全沒有打算加入武裝科……倒不如說是被騙進來的。」

白火嘆了口氣，黑色軍服的材質輕盈貼身，完全沒有讓她感到不適，但還是有說不上的無力感。

「請別這麼說，白火小姐一定能勝任這個工作的。今後一定能找出有關白火小姐過去的線索，讓妳平安回家。我也會幫忙的。」

「謝謝你，艾米爾。」

「對了，到暮雨科長那裡的報到時間是幾點？」

「八點。怎麼了嗎？」

白火看了一眼牆上的電子鐘，七點五十分，現在正好可以過去了。

「科長相當注重時間，還是早點去比較好吧。」

「說得也是，第一天上工就讓人留下壞印象也不好……那我走了。」

「祝妳有個美好的一天，白火小姐。」

「謝謝。那我走囉！」

白火揮揮手，快步走了出去，前往武裝科暮雨的辦公室。

★※★◎★※★

艾米爾表示武裝科科長暮雨相當注重時間，事實正是如此。

十分鐘後，白火背桿挺直的立正站在暮雨面前，絲毫不敢有動靜。

同樣穿著一身精緻剪裁黑軍裝的暮雨坐在椅子上，蹺著腿，隔著辦公桌瞪著前方的白火，祖母綠瞳孔散發出來的眼神說有多凶狠就有多凶狠，根本可以發出殺人光束。

「遲到了十秒。」

暮雨相當盡責的拿出計時碼表，上頭標示著八點零分十秒，硬要計算小數點的話就是八點零分十秒點零零。

「原因呢？」

「……非常抱歉。」感覺自己在執勤第一天就會被宰掉的白火垂下頭。

十秒，就只是十秒而已耶！她就因為這十秒而將要死在魔鬼科長手下，怎麼想都很可悲。

早就和白火有著「訓練場情誼」的暮雨絲毫沒有摻雜私情，眼睛瞇成一條細縫，冷眼看著她。

「我可不是要聽妳道歉。再問妳一次，原因呢？」

「那、那是因為……」

白火心虛的別過眼神，總不能和他說是因為照鏡子照得入迷、又和艾米爾寒暄所造成的吧？要是把艾米爾牽扯進來的話，她和那位金髮美少年可能會雙雙死亡。

——到底該怎麼辦才好啊……

白火掩住慘灰的臉，透過指縫偷瞄了一眼暮雨，對方凶惡的視線透過指縫差點射瞎她的雙眼。

——這下死定了。

01. 白火的管理局巡禮：調停科、鑑識科

會導致上述悲劇是有原因的。

現在，將時間追溯到一個半月前。

★※★◎★※★

「早安，白火！」

早上七點整，起了個大早，正在餐廳用餐的白火突然聽見一道開朗有活力的聲音，抬起頭來一看。

一位有著光澤健康的亮橘色短髮、翠綠色眼瞳，並穿著武裝科黑色軍服的爽朗青年向白火揮揮手。青年看了一眼高掛在牆上的電子鐘，距離值勤還有段時間，便從容的走了過來。

「是路卡啊，早安。」白火淡淡一笑。

她示意對面的位置是空的。青年便拉開椅子坐下。

這位氣質開朗健談的青年名為路卡．伯恩。是她不久前認識的武裝科科員。

路卡擁有一對充滿朝氣的大圓眼和笑容，外貌看起來和艾米爾同齡，若是兩人站在一起，就算被說是兄弟也不意外，但其實他已經二十二歲了，標準的娃娃臉。

第一次遇見路卡時，路卡穿著便服，白火原本以為是不小心在管理員迷路的小孩，差點要把他帶去一樓通訊處請局員廣播，路卡才無奈的拿出管理局局員識別證。看他一臉麻木的表情，絕對是對這種事習以為常。

一看見對方攤出的識別證，白火愣住了，這看起來根本和艾米爾相同歲數的未成年少年居然是管理局局員，重點還隸屬為數稀少的武裝科！

不只如此，路卡也是前陣子負責阻止太陽能發電塔恐怖攻擊的武裝科科員之一，當他回到管理局時看見一樓大廳像是被颱風掃過一樣也嚇個半死，以為是管理局遭洗劫，事後才知道是恐怖分子大亂的傑作。

路卡的個性本來就外向熱情，得知白火正是那位拯救管理局的英雄後，熱心的為她介紹局裡的相關事務。相處一段時間，儘管是武裝科科員與迷子的特殊身分，兩人也成為了相互往來的熟識。

「路卡，你看起來心情不錯呢，發生什麼好事了嗎？」白火看對面的娃娃臉比平常笑得還開，差點就快哼起歌來了。

「也沒什麼啦——就是有種預感，今天會是個好日子。」路卡嘿嘿笑了幾聲，「一定是因為到現在都沒有被局長那類的人纏住吧，今天絕對是個愉快的工作日！」

他這句話白火聽得心有戚戚焉，沒有安赫爾那個麻煩，管理局確實會很和平。

「白火，聽芙蕾說妳已經決定加入管理局了，還沒選好要去哪個部門嗎？」

「嗯，雖然聽艾米爾介紹過了，但是還沒有自己走一趟，不知道自己適合哪方面的工作……」

「既然是純種的話，來武裝科不就行了嘛。」

「不，武裝科有點……」白火點到為止，委婉的別過頭。

其實她想講的不是「武裝科有點」，而是「暮雨科長有點」才對。

前陣子的實境模擬訓練已經讓她刻骨銘心體會到武裝科科長的魄力，在那個魔鬼科長手下工作不死也剩半條命。她可是總有一天要回到過去的人，死在這種地方未免也太過悲哀。

說到暮雨，前陣子的嚴重傷勢已經恢復大半，雖說尚未痊癒，可他還是堅持回到工作崗位。暮雨目前只被准許待在局裡執行內勤，原本就不算好的脾氣更是搖身一變成了熱帶性低氣壓，讓同樣身為武裝科的路卡叫苦連天，根本不敢進辦公室。

身為一個時空迷子就已經被魔鬼科長慘無人道的扔進訓練場裡自生自滅了，白火實在無法想像如果加入武裝科會有什麼下場，當眾被暮雨擰成麻花辮丟進垃圾桶嗎？

「——那妳就到各科去參觀一下怎麼樣呀？」

霎時，有人從後方拍了白火的肩膀，她嚇得回頭一看。

「安赫爾？」

「局、局長？」

「早安呀，白火妹妹，還有今早就有種預感會很開心的路卡小弟。」上一秒明明連個影子也沒見著，下一秒安赫爾如一陣風般出現在兩人眼前，蛇一般的眼瞳帶刺的瞄了路卡一眼，「到剛剛為止都沒有被像我這樣的人纏住，絕對是個愉快的工作日對吧？」

「局長？你聽到了？你從哪裡開始偷聽的啊！」路卡臉色慘白，這個局長究竟是從哪裡冒出來的？桌子底下嗎？

「那不重要啦。」安赫爾揮揮手，逕自拉開空椅子坐下，「白火妹妹，一直猶豫不決也不好，妳就到各科去參觀局員們的工作情況如何？」

「好是好，可是這樣會妨礙到其他人吧？」大家都在工作，她也不好意思就這樣闖進各個部門，又不是在參訪古蹟。

「不會不會，才沒這回事，白火妹妹現在可是萬眾矚目的迷子新星啊，哪會有什麼問題呢？再說如果真的有問題，統統用火燒掉就行了啦。」

「……」

——這人真的是局長嗎？這種隨隨便便就想把局員燒成灰的傢伙真的是局長嗎！

「總之，我給妳三天時間，三天內選出想要的部門加入，辦得到吧？」

「安赫爾，你為什麼總是這麼隨心所欲啊？」

「這可是局長命令，要乖乖服從喔。」

早就知道他會來這招，白火不想和他爭了，她有種在管理局待久了性格會扭曲、甚至越來越容易激動的傾向。

畢竟安赫爾說的也有道理，一直躊躇下去不是辦法，雖然她是宇宙難民，但天天待在管理局吃白飯也很過意不去。受別人庇護而活，這下也只能乖乖聽命行事了。

搞定白火後，安赫爾接著轉了視線，「那麼路卡小弟，白火妹妹就交給你了，人家可是管理局好不容易得到的重寶，要好好擔任新手教官喔！」

「等等，局長，哪有人這樣突然——」

「拒絕的話，下次我就和深樹妹妹一起分享超恐怖的鬼故事給你聽。」

「……」路卡的臉一剎那血色全無，他正襟危坐，寒毛直豎的大喊：「我、我知道了！請交給我吧！」

看他那模樣，白火不禁想知道超恐怖的鬼故事究竟是多恐怖，莫非路卡很膽小？

「那就這樣，我很期待喔，加油啦！」交代完事情，安赫爾站起來，滿意至極的笑著離開了。

看著安赫爾走路都有風的愉悅身影越走越遠，白火湊到路卡耳邊一問：「你們局裡到底是有多缺人？」一定是因為人力不足才會千方百計的想把她拉進管理局吧？

「……不，我想只是局長單純的惡劣興趣而已。」從局長的恐怖攻勢中解脫，路卡鬆了一口氣，又道：「而且因為白火妳是難得一見的純種烙印者，不讓妳加入管理局實在太可惜了。」

「我想也是……對了，安赫爾剛剛說的那個深樹是誰？」

「妳說荻深樹啊？」

一講出這個名字，路卡稍微恢復血色的臉又上了一層灰，他猶豫了很久才緩緩說出口：「……那女人叫做荻深樹，是武裝科諜報組的通訊官，詳情就不解釋了，總之荻深樹和局長兩人合稱是管理局的強颱、芮氏規模8.3強震、或是宇宙大爆炸。」

「這、這樣喔。」能夠和局長齊名絕對不簡單，大概可以想像出是哪方面災難的白火抽了抽眼角，「你也很辛苦呢，路卡。」

「當初我就是被荻深樹和局長聯合騙進武裝科的啊，到現在想轉科也轉不走，根本是地獄。」

那個時候，路卡也問過為什麼局長要把他分配到武裝科，他這種個性根本就不是和人打架的料。

局長當然是丟了個讓人吐血的回答：「因為把你丟到戰場上好像很好玩嘛！」

聽見這句話的路卡差點直接打開窗戶從武裝科三樓跳下去，結果被暮雨阻止了。

暮雨阻止他跳樓的原因當然也不是珍惜部下，而是因為三樓摔不死人，事後收拾起來更麻煩。

「……總之，既然局長限定在三天以內，等等我就帶妳去各個部門參觀吧。」路卡揉揉發疼的太陽穴，決定不再回想那些慘痛回憶，人還是要朝向未來比較有希望。

「可是你等等不是還要工作？暮雨先生不會生氣嗎？」

「放心，知道這是局長的命令，科長也不會說什麼啦。」其實他是寧願讓暮雨掀了整個管理局，也不敢違抗安赫爾，「我想想，那就一路從六樓看下來怎樣？分別是調停科、鑑識科、醫療科，最後是武裝科。」

「沒有問題，就照路卡說的去做吧。」武裝科是最後一個見習的部門，希望在這之前就能決定自己的出路，她可不想真的跑到武裝科裡送死。

「那等等就先去調停科吧。」

這麼說來，白火目前為止都還沒認識調停科的人，不知道那裡是個怎樣的地方？儘管是被安赫爾陷害，她仍然有點期待。

★※★◎★※★

兩人來到的第一站是位於管理局六樓的調停科。

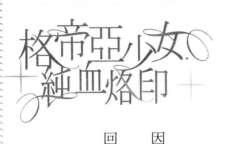

調停科和武裝科原本為同一個部門，由於武裝科定位過於特殊，兩者便分別獨立，因此調停科和武裝科的科員數量比起其他部門而言較為稀少。

調停科是負責利用勸說等柔性方式解決種族問題的部門，不具備武力；同時也負責回報種族差異或時代隔閡產生的紛爭，調停失敗時將會通知武裝科。兩科關係緊密。

既然是理性溝通，應該是充滿一片和諧氣息、肅穆而莊重的美好天地——

「幹！你他媽的是耳朵聾了還是腦袋破洞聽不懂老娘說的話啊？！」

……白火原本是如此猜想的。

殊不知電梯門一打開，這分貝大到足以耳鳴的怒吼聲馬上灌進耳裡。

「我去你媽的祖宗十八代！少來這邊添亂，滾回你的豬窩啦！」

這國罵實在是太有親切感，正要走出電梯的白火嚇得傻在原地，差點被電梯門夾住。路卡則快速的把她拉出電梯門，一邊喃喃了句「又來了」。

「就是有你們這種浪費調停資源的混蛋，管理局才會像血汗工廠那樣連續忙二十四小時都不能休息啦！要是過勞死你要怎麼賠老娘啊？老娘花樣年華的青春你賠得起嗎？嘎？他媽的不過是米粒等級的小紛爭別跑來局裡亂！要是下次再敢這樣老娘就一腳把你們踢到宇宙去當太陽黑子啦，幹！」

這聲音足以媲美環繞音響，白火縮起肩膀張望四周，花了幾秒才找到聲音來源處，看向調停科裡某個開放型會客室，由於沒有門的關係，剛剛那串威力十足的叫罵聲全從門口流瀉了出來。

「路、路卡，這就是所謂的調停嗎？」紛亂沒停，白火倒是覺得自己心臟快停了，她對調停科理性溝通的憧憬就這麼當場粉碎毀滅。

「這個有點不一樣……對不起，一進來就讓妳看見這種恐怖景象。」路卡顯然也沒料到會出這種差錯，頭疼的嘆了口氣。

更詭異的是，調停科大廳的科員們聽到會客室裡的髒話連篇，反而充耳不聞的低頭繼續辦公，神情各個冷靜穩重，沒有一個人走進會客室裡一探究竟。就是因為鎮定過了頭看起來才更恐怖。

「砰！」

接著，會客室裡傳來一聲重響，裡面有人用力拍了桌子，聲音大到桌子幾乎要裂成兩半。

「好了，簽完名就快點滾蛋！再不滾恁祖媽就把你們的腦袋灌水泥沉到海裡當深層礦物！」

十秒內，兩位民眾連滾帶爬的從會客室裡衝出來，神色驚恐得像是世界末日來臨。

「你們調停科的人都有病！這算哪門子調停啊？我要客訴！」其中一位民眾眼角還泛著淚水，逃出會客室之後馬上飛奔到電梯前猛按電梯鈕，活像是被禁閉了一星期的逃脫犯。

直到兩位接受調停的民眾跑了，調停科才再度恢復清靜。

白火還沒問剛剛發生了什麼事情，又有一位女孩從會客室裡走了出來。

會客室外有著一面兩公尺寬的透明玻璃，藉此可以從調停科大廳一覽內部。剛剛會客室裡總共有三個人，其中兩個民眾已經逃之夭夭。

白火不免退了幾步，所以剛剛吼出這些話的人是……

「辛苦了啊，雪莉。」路卡看著從會客室走出來的女孩，若無其事的打了個招呼。

走向他們的是一位年紀約莫只有十五歲左右的嬌小少女。金色長髮束成可愛的雙邊馬尾，杏仁般的蔚藍色雙眼，如陶瓷人偶的精巧面容。小巧可愛的身姿加上俏皮可愛的深邃五官，白火看傻了眼，這女孩就是把民眾罵跑的元凶？

女孩露出足以讓人融化的甜美笑容，走了過來。

「啊，是路卡，早安呀❤」

這口氣不但語尾上揚、多了愛心，音調還比剛才的河東獅吼整整高了八度，白火渾身起了雞皮疙瘩。

「……」白火一時間無法反應，她現在的表情一定不太好看，於是選擇別過臉。

一看見白火那副想逃避的神情，原本笑容如天使般的少女一百八十度變臉，走上前就要揪住她的衣領，「啊？妳這女人三小表情，對老娘有什麼意見嗎？」

「沒、沒有！」她哪敢有什麼意見啊！這、這小孩到底是什麼生物！調停科都是這種人嗎！

「沒有就好❤」金髮雙馬尾少女嘿嘿笑了幾聲，接著轉向路卡，「路卡，難得你會來調停科呢，這女孩是誰啊？」

「她是白火。」已經完全免疫少女的極致變臉藝術，路卡平順的回答。

「白——火？人家想想……啊，就是前陣子大顯身手的那個純種烙印者？」金髮少女拖住腮幫子一想，然後眨眨銀鈴般的大眼珠，欣喜的對著白火露出笑容，「妳好，人家叫做雪莉，是武裝科的成員，還請多多指教喲，嘻嘻❤」

「武裝科？可是妳剛剛不是在調停……」說到一半白火就停住了，那才不是什麼調停，那分明是單方面的暴力恫嚇。

「哎唷，因為人家看不下去了嘛——老是有人因為一點小摩擦就跑來管理局要求調停，讓局裡增加很多不必要的麻煩呀。」名為雪莉的少女淘氣的眨了眨眼，「再說，如果幫忙大家，人家的暮雨先生也會很高興嘛，嘿嘿❤」

「這、這樣啊。」

按照調停科科員麻木不仁的反應，這個管過界的雪莉應該是常客了。雖然白火很想問為什麼武裝科的人會特地跑來調停，但問了好像又會被這個金髮少女浸豬籠，她還是乖乖閉上嘴為妙。

「那人家就先回武裝科囉，兩位掰掰——」雪莉向兩人揮揮手，一邊晃著雙邊馬尾走進電梯。

看著嬌小的金髮少女消失在電梯門中，白火有點疲憊的看向路卡。

「你們武裝科……相當不得了呢。」

「何止不得了，裡面的人都是鬼。」在武裝科地獄打滾一段時間的路卡翻翻白眼，指了指前方大廳，說道：「總之，先別管雪莉了，我先介紹調停科的工作吧。調停大致上分為兩種，一種是委託人來到調停科接受調停，一種則是調停科科員前往委託人那裡進行調停。」

「委託人來到管理局……就像剛剛那兩個民眾那樣？」白火回想起那兩個民眾逃出會客室的慘樣，還真是壯烈。

「嗯。看雪莉火大成那樣，多半又是從別的時空來的新住戶和公元三千年的原生居民起了口角之類的，總之這類紛爭比較容易解決。麻煩的是第二種。」

「怎麼說呢？」

「既然要讓調停科親自前往現場，通常就不是一對一的小摩擦了，會是一個區域的紛爭。」路卡開始解釋：「不是很多迷子被黑洞吸來這世界後就回不去了嗎？世界政府雖然有規劃出這些不同時代和不同種族的居住區域，但那些區域卻大多是沒有經過縝密思慮就隨便劃分的土地，導致這些迷子族群經常會產生內部摩擦，也會發生和公元三千年原生居民的種種嫌隙。」

聽完路卡的說明，白火大概懂了，總之水土不服、隔壁有惡鄰居、時代鴻溝太大都會引起爭端，於是調停科得負責收拾爛攤子。除此之外，接收委託人的抱怨和吐苦水也是調停科的工作之一。

身當和事佬又得成為民眾的垃圾桶，時空管理局果然是個忙碌的機構。

難怪剛才雪莉會氣成那樣，那些跑來要求調停的民眾，多半只是為了雞毛蒜皮的事而爭論吧。

「不過，不是每個調停科科員都像雪莉那樣喔，調停科的人通常都很理性的。」深怕白火會從此把調停科科員和雪莉劃上等號，路卡連忙開口解釋，「我想想，接下來就讓妳看一下其他調停方法好了……啊，那不是朔月嗎？」

說到一半，他看見又有人從調停科辦公室內走了出來。見到面熟臉孔，路卡連忙揮揮手。

遠方一位高瘦青年從容的漫步過來，這次白火確定對方絕對是調停科的人了，因為他穿著調停科的綠色制服。

名為朔月的青年有著一頭沉靜的墨綠色短髮，以及稍微比髮色深沉的墨色眼瞳，面容溫順且充滿睡意，身高足足比原本就不矮的路卡高了快一個頭。

這些都不是重點，最稀奇的是——青年的頭上有著一對青黑色的角。

沒錯，是角。

「……你是，路卡。」綠髮青年像是遊魂似的飄移到兩人面前，眨眨柔和的墨綠色眼瞳，慵懶的對兩人點了點頭，「早安。」

「你、你好，我叫白火。」白火也趕緊敬了個禮。

「白火……」朔月喊完她的名字便沉默不語了好一陣子，就在白火以為他是不是快睡著時，他緩緩回答：「妳好，我是，朔月。」

——頭上長角的人、頭上長角的人……艾米爾之前有說過時空裂縫也會引來異邦人，無法回到原本世界的異邦人有時也會加入管理局。莫非朔月就是從異邦來的？

看著對方頭上的青黑色小角，明明對方身高超過一百九十公分，白火仍有種看見可愛柴犬的幻覺，差點就要伸手去摸，所幸她馬上戰勝欲望。何況她和朔月身高差了一大截，這樣直接伸手應該也搆不到才對。

「對了，朔月，你現在要出去嗎？」

「嗯。」

「不介意的話，我們也和你一起去吧？正好讓白火看看調停現場。」

朔月眨眨眼，花了好一段時間才理解路卡的意思，「好……一起走吧。」語畢，他晃到電梯前按下按鈕，像是木頭人那樣靜靜等候電梯門打開。

——管理局的人果然各個別具特色啊，感覺這個叫朔月的人一出現，周圍的時間步調就慢了十倍左右。

白火一邊這麼想，一邊和路卡一起走進電梯裡。

朔月一路上都沒有說話，也沒有說明即將前往的調停地點與內容為何，從頭到尾都像是幽靈般冉冉移動。

來到管理局大門時，白火終於忍不住了，湊近路卡身邊小聲的問：「路卡，朔月先生頭上那個角……他是從異邦來的嗎？」

「啊？喔，對啊，朔月是管理局裡少數的異邦人，因為回不去原本的世界了，索性就留在管理局工作。」路卡多半也猜到白火的疑問了，笑著說：「那傢伙雖然講話慢吞吞，有時候走路走到一半還會睡著，不過是隻很可靠的龍啦。」

「龍、龍？！」

「嗯，龍，那怎麼看都是龍角吧？」

——竟然真的出現龍了，這種慢吞吞的人……不對，這種龍，有辦法調停嗎？

白火想是這麼想，不過剛剛那個雪莉都能讓民眾哭著跑回家了，她覺得朔月說不定也有一套調停手腕。

調停的地點出乎預料之外的近，朔月似乎完全沒有打算搭乘交通工具的意思。

話說回來，除了一開始把她送到管理局的救護車，白火到現在都還沒有乘坐過公元三千年的交通工具，她有點好奇。

兩人繼續不吭聲的跟在朔月高瘦的身影後方，走了約二十分鐘後，才漸漸感覺事情有蹊蹺。

「路卡，怎麼周圍越來越偏僻啊？會有人選在這種地方調停嗎？」白火觀察四周景色，即便是公元三千年的高科技都市，她還是能發覺兩旁的景色比一開始荒僻許多。

路卡的臉色也越來越差，「妳這樣講我也覺得很怪，我再去問一下朔月吧。」

在他們對話時，朔月已經走遠了，兩人連忙追上去。

誰知道才一找到朔月的身影，對方就已經彎進轉角裡的巨大建築裡，路卡連喊他的名字都來不及，就看見朔月的身影消失在入口。這隻龍平時溫吞緩慢，倒是在某方面異常敏捷。

白火昂首一看，這建築怎麼看都像是她那個時代的鐵皮屋大型倉庫。大約七公尺高的四方形簡陋建築，正門挖了大大一個入口，沒有門，朔月剛才就是走進一片漆黑的破舊建築中。

真的會有人在這種地方調停嗎？

兩人也沒有其他選擇，只好追上朔月，快步跑進建築裡。

進入建築中，白火才發現——這裡真的是個不折不扣的鐵皮屋倉庫。

光線來源只有吊在屋頂上的幾個燈泡，建築內擺滿木箱、鋼筋鐵條和鷹架，囤積物高度足足逼近屋頂的抽風扇。重點是整個倉庫裡連張調停用的桌椅都沒見著。

朔月就站在倉庫正中央，乖順的停在原地不動。

「朔月，這是怎麼回事？你不是說是來調停的嗎？」路卡一看見他的高大身影便匆匆跑了上去，「這裡根本一個人也沒有，你是不是被耍啦？」

「……調停？」朔月聽見這兩個字有了反應，他疑惑的眨眨眼，「我有說要來這裡調停嗎？」

「嘎？」不只是路卡，聽見這話的白火也呆滯了。

「我只說，要來這裡一下，沒有說是調停啊……」朔月懶散的面容有了一點變化，他稍稍皺眉，「路卡，你好奇怪喔。」

「奇怪的是你吧，你閒閒沒事來這裡幹嘛啊？盯著天花板發呆嗎？」

「有人給了我這個，然後，叫我來這裡等。」

朔月從口袋裡拿出一封信，他本來還想貼心的幫路卡攤開信紙，但是動作太慢，被早就磨光耐性的路卡一把搶了過去。

白火湊近一看，兩人一看到信件的內容，眼珠子差點掉下來。

「調停科的朔月，我要你付出代價～！」

A4大的信紙，斗大出現這幾個字。

更毛骨悚然的是，這幾個字還不是用寫的，而是從報章雜誌上一個字、一個字剪貼上去，每個字體大小不一、色彩不同，橫豎著看都知道是恐嚇信。在這電子報章普及率極高的公元三千年裡，竟然還有人放棄直接打字，選擇一刀一刀把紙張上的文字剪下來黏貼，反而讓人開始猜測究竟是哪裡來的模範生。

看到恐嚇信的路卡嚇個半死，「你到底做了什麼啊？而且你還乖乖過來，你是笨蛋嗎！」這根本不是什麼調停工作，單純是來倉庫被圍毆的啊！

「朔月先生，你——」

白火也想說什麼，但朔月意外的打斷她的話：「朔月就好。」

害得她閉上嘴忘記要講什麼，這個異邦人似乎對稱呼有莫名的執著。

白火嘆了口氣，重新開口：「朔月，你為什麼會收到這種東西？」

「我也，記不清楚了。」

白火和路卡面面相覷，決定不管事發原因了。

「總之快點離開吧！會被叫來這裡準沒好事，朔月，我們快走！」

「可是，我還沒見到，叫我來這裡的人——」

「見到了你也差不多要投胎了啦！好了，快走快走！」

路卡強抓住朔月的手，既然叫不動，那說什麼也得把他拖走才行。這種預告信、這種地點、這種場面，隨便想都能猜到等等木箱後面一定會跑出一狗票拿著武器的混混，朝前後兩邊圍攻過來。

他才剛這麼猜測，就聽見囤積物後方傳來了腳步聲，十幾道人影從角落陰影處跳了出來。

「騙人，也太快！重點是好多人！」

當然，走出來的人各個凶神惡煞，手裡都拿了根木棒或鐵棍。

「朔月，你到底是做了什麼？」白火看了也慌了，明明只是個調停科科員，還是講話速度超慢、動不動就打瞌睡的異邦龍，這種殺傷力零的純良好青年到底是幹了什麼蠢事才會引來一堆仇家啊？

倉庫中央的三人只好背靠背往後退，形成一個小小三角形。

「哼，果然來了啊！調停科的走狗。」準備搞圍毆的混混老大用著三七步走到最前方，來了個超老梗的嗆聲：「要是你不來，我們還打算直接到管理局找你呢。」

「你們，是誰？」朔月不解的歪歪頭。

「啊啊？事到如今你才要裝傻嗎！開什麼玩笑！你不記得，我們可是記得一清二楚啊！你這個頭上長角的外星人！」

「等等等等一下！凡事有話好說，先解釋一下事情為什麼會變成這樣啦！還有，不要做出種族歧視的言論！」路卡大聲制止，他搞不懂為什麼明明只是帶新人來實習參觀，怎麼會變成被圍著打的下場，「這傢伙到底是幹了什麼事讓你們氣得搞圍毆？」

「一星期前的調停案，你還記得吧！」

「一星期前？」朔月托住下巴一想，認真的思考，「我記得，好像是某個公司的調停案？怎麼了嗎？」

「對，就是那個！就是你那個鬼裁決，害我們公司賠償了一大筆錢給那些不知道公元幾千年前來的臭鄉巴佬！居然偏袒那些傢伙，你根本是在找我們麻煩吧！」

「才不是偏袒，調停科，原本就該為弱勢族群著想。」

聽這段對話，白火大概懂了。

大致上能猜到一星期前朔月執行的某公司調停案，公司似乎壓榨就職的時空迷子，使得雙方鬧上管理局。之後調停科協助受害迷子得到一筆償款，敗訴的公司嚥不下這口氣，才會打算對朔月復仇。

那封信應該就是眼前這個混混寄來的。朔月竟然會選擇收下、甚至乖乖來報到，真是很了不起。

「明明只是和政府作對的鬼管理局，少在這邊多管閒事！」

「我只是，執行分內工作而已……」

「少囉嗦！你這麼愛工作就去地獄裡工作吧！」說到這，帶頭的老大高舉鐵棍，示意小弟們統統上場。

白火突然覺得好想死，她只是來實習的，為什麼要在這種廢棄倉庫莫名其妙被人圍毆啊？何況整件事壓根與她無關。

看著十幾個混混如潮水般湧上來，帶著叫囂的嘶吼聲、揮舞著棍棒，朔月越來越不解了，他還轉過頭來問另外兩個人：「路卡、白火，為什麼這些人要衝上來？」

「這要問你自己吧！」路卡氣急敗壞的吼了回去，隨即轉頭問白火：「白火，有辦法保護自己吧？對方再怎麼差勁也只是一般民眾，可別鬧出人命來！」

「我知道了，路卡你也小心點！」

兩個人立刻散了開來。

既然是普通人，就不能使用烙印力量了，白火可不想平白無故被捲進群架，之後又不小心被告防衛過當而被關進公元三千年的監獄裡。她看了一眼地板，光線雖然很暗，但還是有照出陰影，這些混混都是有影子的普通人。

另一邊的路卡也是如此打算，沒有使用烙印力量，而是利用平常在武裝科裡訓練出來的驚人反射神經閃過一波波的棍棒攻擊，俯下身抓住對方的手臂將其摔出去，並搶下對方手上的武器。

三人中最不尋常的自然是朔月。他若無其事站在原地，盯著這場人數懸殊的混戰。

「朔月，你在幹嘛？活得不耐煩當靶子嗎？」數公尺外的路卡見他站在原地不動，回頭大叫一聲。

朔月慢慢的轉過身來回答：「可是……調停科的工作理念，是，和平解決紛爭。」

「你到底是瞎了還是腦袋燒壞啦！都這種時候還談什麼和平——」

「小心！朔月，後面！」白火打斷路卡的話。

一位拿著鋁棒的混混正出現在朔月身後，高舉鋁棒，龐大的身影遮住了朔月四周的光源，「我要打斷你的角！調停科的走狗！」

「朔月！」

接下來，白火目睹了相當不可思議的奇景。

朔月身子連轉都沒轉，像是有預知能力那樣輕鬆閃開鋁棒攻擊，趁對方揮空時，他一個手刀劈向混混的手腕。

「哇啊！」

鋁棒掉了下來，朔月反扣住混混的手，腳一迴勾住對方的腿，把混混像迴力鏢一樣甩了出去。

「啊啊啊啊——！」

被摔出去的混混還不是呈拋物線飛出去，而是筆直的撞進木箱堆裡，來個保齡球全倒零洗溝。

「……」白火傻了。

「……」路卡也傻了。

「不要碰我的角，我不喜歡，角是我們龍族的驕傲。」朔月露出少見的厭惡神色，檢查自己頭上黑青色的龍角有沒有受傷。

「你是怪物！你們伊格斯特的人全都是怪物！」

看見同伴被當成保齡球扔出去，剩下的混混嚇傻了，全部朝朔月圍攻而上。

「朔月！」就算朔月再怎麼強悍，被一群人圍毆也不可能全身而退，白火立刻衝上去支援。

偉大的暮雨科長有說過，烙印會在三種情況下自行發動：憤怒、保護他人的心意、還有危機意識。

深感朔月陷入危機的白火，瞳孔瞬間變成了紅色，左手冒出雪白火焰。她反射性抓起掉在地上的鐵棍，手上的鐵棍馬上變成了一條火柱，被她扔了出去。

丟出去後她才發現事情大條，她居然把著火的鐵棍往正要偷襲朔月的混混臉上丟。

「啊啊啊——白火，妳在做什麼啦！」

「對不起！我不是故意的！」一切都是魔鬼科長把反射神經訓練得太好，「朔月，快閃開啊！」

感覺到背後傳來熱流的朔月這下終於轉身了，「不是說，不要碰我的角了嗎？」他搶在前一刻迴旋踢踹開正打算從後方敲他一記的混混，下一剎那低頭閃過白火扔來的燃燒中的鐵棍。

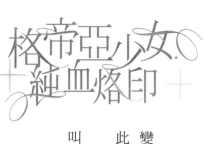

好死不死，鐵棍繼續旋轉，飛向路卡面前的壯漢。

白火吸一口氣，連忙解除烙印力量，原本變成噴射火焰的鐵棍總算及時消去火光，變回燒得火紅的鐵塊迎上壯漢的臉，發出滋滋滋像是鐵盤烤肉的聲音。雖然對方的臉因此熟了，但總比整間倉庫都熟了好。

「烙印者……居然是武裝科的人！」見到同伴的臉變成五分熟肉排，剩餘的混混大叫：「該死的朔月，你竟然還敢帶其他人過來！信上不是寫要你一個人過來嗎！」

「我也不太清楚……對不起喔。」朔月很有禮貌的彎腰致歉，起身時又用肘擊打飛後方搞偷襲的敵人，他順便回頭一看，問：「路卡、白火，你們為什麼會跟上來啊？」

「你這傢伙到底要笨到什麼地步才甘心啦！還有，別向對方道歉，那些可是打算把你圍毆到死的混混耶！」路卡越講越火大，洩憤似的踹開撲上來的壯漢，「白火！我收回剛剛的話，別管什麼職業道德了，快點解決掉他們，我受夠這裡了啦！」

說是這麼說，其實在剛剛對話的同時，整間倉庫就已經被清理得差不多了，有些人被朔月的怪力打暈、被白火的銀燄嚇跑，沒使用烙印力量的路卡看起來最沒殺傷力，卻也擊倒了一大半人，周圍頓時躺倒一片。

摔飛最後一個人，朔月又摸摸自己頭上的角，確認龍族的驕傲平安無事後，他滿足的露出微笑。

他左看看，右看看，發現先前還在叫囂嗆聲的混混，現在全部癱在自己腳下。

「路卡、白火，他們到底，為什麼要叫我過來啊？」

「……我已經什麼都不想說了。」路卡完全對這個調停科科員心灰意冷了，「回去吧，白火。」

經過這場鬧劇，三人踏上前往管理局的路。

根本沒實習到的白火長嘆了一口氣，明明什麼也沒做，卻覺得肩膀沉得像是綁上了石頭。不時有雪莉跑來串場、又有朔月存在的調停科，還是別加入為妙。

她在心中的志願名單，於調停科這個部門上畫了個大叉叉。

★※★◎★※★

回到管理局、處理完一些雜事，時間來到了下午兩點。正好經過午休時間，管理局繼續開始運作。

白火和路卡來到了第二個見習處——五樓鑑識科。

鑑識科可說是白火第一個認識、也是最為熟悉的部門。當初救了她一命的就是隸屬鑑識科的艾米爾，第二個見到的也是同樣隸屬鑑識科的芙蕾。

鑑識科的工作主要為巡察不時出現在宇宙的時空裂縫，並且在第一時間回收時空迷子和時空碎片。另外，鑑識科也負責研究時空裂縫路徑，找出讓時空迷子回歸正常時空的方法。

白火自己也很清楚，她應該無法加入這種需要專業知識的部門，但路卡都熱心的帶她來參觀了，多少認識一下該科的運作方式也無妨。

搭乘電梯來到五樓鑑識科，電梯門打開時，當然沒有聽見雪莉那足以拆掉萬里長城的粗口，白火鬆了口氣，和路卡走入鑑識科內部。

他們馬上就找到正在辦公的芙蕾。芙蕾坐在自己的辦公桌前，專注的敲打著鍵盤。前陣子的時空竊賊還沒落網，目前案件依舊頻傳，看芙蕾那副模樣也能猜到工作量仍然沒減少。

「是你們啊。」芙蕾也看見了朝她走來的兩人，索性暫時停下正在敲打鍵盤的手，微笑道：「我已經聽局長說了，路卡正帶著白火到各科觀摩對吧。」

「芙蕾，不好意思打擾你們，工作很辛苦吧？」

「沒什麼，正好也想休息一下。對了，上次那個影獸的相關資料已經查出來了。」

芙蕾伸了個懶腰，從抽屜裡拿出文件來。

影獸就是上次陸昂闖入管理局時，從時空裂縫裡喚出來的異邦生命體。鑑於今後有可能還會發生類似上次那樣的奇襲，安赫爾命令鑑識科研究影獸這種生物的習性和弱點。他們花了好幾天時間，總算查出來了。

「資料有點多，我就講重點給你們聽吧？簡單來說，影獸應該是棲息在極度接近太陽的異空間裡，換句話說，那個異邦並沒有所謂的黑夜。」

「因為一直有陽光，所以才會產生影子，是這個意思嗎？」白火問道。難怪會叫做影獸。

「沒錯，會追著沒有影子的人跑，是因為看見異類產生警戒心。因為是影子凝聚而成的生物，所以弱點其實很簡單，只要沒有燈光，讓牠長期處於黑暗中的話，無法產生影子的影獸就會自己湮滅了。」

聽見這簡單到不行的解決方法，白火短路了三秒左右。

「那我之前不是差點白白送死了嗎！」

「都那麼久之前的事了，過往如煙雲啦。那次我也吃足了苦頭啊。」

一旁的路卡上次沒有經歷影獸襲擊，不過他多半也聽說了凶手是個名為陸昂的辮子青年。

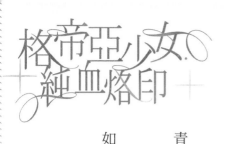

這時，不遠處的電梯門打開，艾米爾抱著一個堆滿雜物的箱子走了過來。

「我回來了。」正打算把箱子搬到鑑識科小房間的他看到白火和路卡，馬上露出一如往常的和善笑臉，「白火小姐和路卡先生，午安，是來觀摩的吧？」

看來他也從局長那裡得知消息了。

「艾米爾，很重吧？我來幫忙。」看見艾米爾一個人抱著擋住視野的大紙箱，裡面還堆滿了許多東西，白火連忙跑過去。

「沒關係的，雖然看起來很多東西，其實很輕。」艾米爾暫時把箱子放到地上。他說得沒錯，裡面都是些小型雜物，「剛剛附近出現了時空裂縫，這些是從裡面掉出來的時空碎片。好險這次沒有迷子，真是太好了。」

「這些碎片要怎麼處理呢？」畢竟是來實習的，白火很盡責的問了問題。

「會先放到裡面的小房間鑑定年代，並請其他人員找出時空裂縫的路徑。」艾米爾指指深處的小房間，「當中也有許多碎片無法回歸到原時空，因此鑑識科也堆積了不少東西。白火小姐要來看看嗎？」

白火點點頭。

於是艾米爾再度搬起紙箱，領著她和路卡前往充當儲藏室的小房間。正在休息的芙蕾覺得看白火見習也挺有趣的，一起跟了上去。

進到小房間後，艾米爾戴上白橡皮手套，一一把箱子中的時空碎片羅列在桌上。其實鑑識工作是由其他人員來執行，不過這樣鑑識起來比較方便。白火能從這些小細節中發現艾米爾的貼心之處。

帶著不同時空的物品回來，果然很像遺跡挖掘隊。

「這次的碎片體積都挺小的，看起來不太重要的樣子？」路卡低頭一瞧，全是些小書本、紙張和文具類的東西，與前陣子時空竊賊偷走的法老王面具等級實在差太多。這種小東西就算回不去原來的時空也無妨。

「雖然是這麼說，不過能送回去當然是最好的，鑑識工作也不能因此偷懶呀。」艾米爾把箱子裡的東西全部拿出來後，把紙箱收到角落去。

「艾米爾還是一樣這麼認真盡責呢——說不定總有一天會踢掉局長，成為下一任局長喔？」

「哈哈哈。」艾米爾爽朗的笑了，「請別開玩笑了，我還不想過勞死。」

「……」

「啊，這是……」這個時候，白火在這堆時空碎片中看見相當熟悉的東西，指了指桌上的物品，「我好像知道這個。」

「是白火小姐年代的東西嗎？」

「是不是同個年代我不知道，因為這東西流傳滿久了……」

攤在白火眼前的，是一枝老舊的原子筆，和寫滿中文字、有著凌亂字跡的白紙。

看見那張寫滿字的紙白火就懂了，是「筆仙」那類的東西。這種遊戲一個不小心就會出事，所以筆仙、碟仙、錢仙那類的東西她碰都沒碰過，倒是有看過網路上其他網友的親身體驗，因為滿有趣的，所以她印象挺深刻。

那些正在玩筆仙的人也挺無辜的，他們絕對沒料想到筆仙玩到一半居然被時空裂縫吸走，上面的鬼魂都還沒請走就直接來到了公元三千年報到……不對，或許時空裂縫突然出沒、把筆仙和道具捲走這件事，對當事人而言就是種「顯靈」也不一定。

「如果我沒猜錯的話，這個在我們那裡，是一種叫做『筆仙』的東西。」白火指指桌上的筆和白紙，看著其他三人一臉困惑的表情，她繼續說明：「是我們臺灣的一種……怎麼說呢，遊戲之類的？」

她開始講解筆仙的玩法，她自己也沒玩過，只好回想以前看過的分享心得，大致講出筆仙的規則和禁忌。

艾米爾和芙蕾是聽得津津有味，但不知怎麼的，當白火提到筆仙是請來「鬼魂」那類的東西時，路卡的臉色瞬間變得鐵青。

「什麼，鬼魂！妳說這枝筆會被鬼魂附身？！」臉色泛白的路卡放聲大叫，一連退到牆角處，「不要不要不要，邪門，非科學，根本是迷信，太可怕了！你們國家怎麼會流行那種鬼東西啊！」

「……路卡到底怎麼了？」之前聽他被局長的鬼故事威脅時白火就想問了，不過是個筆仙，這人到底是有多膽小啊？

「請不要介意，雖然路卡先生膽小又怕鬼，但是人不壞喔。」

「我聽到了啦，艾米爾！才不是膽小怕鬼，我只是不相信無法用科學解釋的東西！總之快點把那什麼筆仙的鬼東西拿走！」

「吶，白火，照妳這麼說，那個筆仙應該是哪裡都能玩的東西吧？」芙蕾戴上鑑識手套，拿起桌上的紙張端詳一陣，「所以說這些東西唾手可得囉？」白紙和原子筆，都是些不重要的時空碎片，丟掉也沒關係。

「嗯，應該是？」白火看著芙蕾很有興趣的研究著寫滿字的白紙，好奇的問：「怎麼了嗎？芙蕾？」

「不如我們來玩玩看吧？筆仙。」

「咦，這樣好嗎？」白火是不在意筆仙請不回去的問題，就算到了公元三千年，有沒有鬼魂都還有待證實，重點是筆仙這種地方文化，在這種異地真的能請出來嗎？

「我也對白火小姐故鄉的事物很感興趣，如果妳不介意就來試試看吧。」好奇心旺盛的艾米爾也主動參了一腳。

「我是沒關係，可是……」白火看了一眼瑟縮在牆角的路卡。

「不要不要不要！說什麼都不要！死都不要！我才不要玩那種鬼遊戲！」路卡感覺到三人投來的熱切視線，再度黏回牆上，表情驚悚得像是隨時都會哭出來。

這樣的他當然是被芙蕾強硬拉回來，丟到鑑識房間的小空地中，被迫參與。

「不要！走開！芙蕾，放開我的手！快放手啊啊啊啊——」

「來吧，白火！用不著擔心！」芙蕾躍躍欲試的把原子筆和寫滿字的紙張攤到地板中央。

「筆仙至少要兩個人才行呢，老實說我自己不太想玩……」變成時空迷子已經夠衰了，白火不想又被孤魂野鬼纏上，況且她覺得比起自己，公元三千年世界的人應該都與神怪之事無緣才對。

尤其是暮雨和安赫爾，感覺筆仙一看到那兩個人就會馬上落跑。

「那就讓我來吧，畢竟是我自己說想玩的。」艾米爾主動舉手當第一號志願者。

「那第二位就由我——」芙蕾停了一下，「旁邊的路卡來吧。」

「喂，芙蕾！妳是故意的吧！」被陷害的路卡大叫，坐在地上的他用著極為詭異的姿勢退到角落，「我才不要玩那種鬼東西，被附身了怎麼辦啊！」

「你不是說不相信非科學的東西？那又在怕什麼？」芙蕾迅速的把原子筆塞到路卡的右手中，並大喊著：「艾米爾，趁現在！」

「我知道了。」艾米爾相當有默契的伸出手，反扣住路卡右手握住的原子筆。

「見鬼了，你們鑑識科的人到底是生活太枯燥還是活得不耐煩啦！為什麼要把我拖下水！我不管，我要放手了！」

「路卡，放手了就會被附身喔。」

「什麼，附身？！不要不要不要，好可怕啦啦啦啦——」

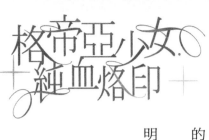

筆仙都還沒請出來，怎麼會被附身呢……白火暗自嘆了一口氣，看他們玩得挺盡興的，她只好配合的把寫滿字的白紙放到艾米爾和路卡中央。

準備就緒後，輕輕握住筆的艾米爾和路卡把筆尖停在白紙中央，開始按照白火的說明操作。

「筆仙筆仙請出來——」艾米爾很樂在其中的說道。

「筆仙不准來拜託別來絕對不要來求求你千萬別來……」路卡皺緊整張臉嘀咕著。

「捉弄筆仙的話會被附身喔，路卡先生？」

「筆仙筆仙請出來！快來！我拜託你來！一定要來啊啊啊啊！」

忽地，握住筆的艾米爾和路卡都嚇了一跳，因為——他們握住的筆竟然有了動靜。

「不會吧，真的出現了？」

原子筆不受兩人的外力，輕輕在白紙上畫了一條線。白火驚訝的眨眨眼，筆仙的鬼魂真的穿越國土和時空，來到公元三千年的世界了？

「艾米爾，是你在動嗎？不要嚇我啦！」看著自己手中的筆在紙上滑來滑去，想鬆手又不敢鬆手的路卡已經快哭了。

「不，我也沒動。」艾米爾專注的盯著兩人手中的筆，他笑著做出結論：「看來真的請出來了呢，太好了。」

「一點都不好！白火，快點把這遊戲結束掉啦！」

「我知道了。」覺得路卡再這樣被惡整也挺可憐的，白火點點頭，「開始問筆仙問題吧，記住我剛剛說的，禁忌問題不可以問喔。」

「問題嗎？我想想……」艾米爾用空著的左手托住下巴思考，另一隻手依然輕輕握住原子筆，任由筆上的幽魂隨意晃動。

他思忖了幾秒，「啊，我想到了，就問這個吧。」

他在心中默唸出想問的問題。白火不知道默唸行不行得通，不過看他都那麼全神貫注了，多半是什麼不太適合喊出來的問題，她也沒糾正他。

——不知道筆仙聽不聽得見呢？

當她這麼想時，悲劇終於發生了。

「啊啊啊啊——」路卡爆出哭腔大吼：「它它它它在動！它為什麼在動！為什麼動這麼快——」

原本只是輕輕劃出軌跡的原子筆，突然像是中邪似的快速轉圈畫出黑線，速度快得根本不像是外力所致，筆跡隨時都會超出白紙外，一旁的白火和芙蕾也抽了口氣。

看艾米爾那副訝異神色，絕對不是他故意捉弄路卡的。

芙蕾眨眨眼，「白火，這是正常現象嗎？」

「這……我也是第一次看見……」這速度快得簡直像是在跑百米，整張紙都要被畫成黑色了。

白火冷靜下來後也覺得滿新奇的，原來筆仙還可以這樣玩？只是看筆仙也沒有寫字或畫圖，只是始終圍著紙張邊緣畫圈，實在有點奇怪。

「艾米爾，你到底問了什麼啦！」超想放手又不敢放手的路卡已經瀕臨崩潰邊緣。

「喔，也不是什麼大不了的事。」任由筆仙肆虐，同樣握著原子筆的艾米爾爽朗一笑，「我只是問筆仙可以跑多快而已。」

「……」

筆仙繼續加快速度，並且有加重力道的傾向，只見已經烏漆抹黑的白紙還出現像是被刀割的痕跡，隨時都會被劃破。要是紙張破掉就完了，白火連忙制止：「該請回去了吧？這樣下去好像有點危險。」

「完了，筆仙好像生氣了啦！艾米爾，都怪你問那什麼鬼問題！」

「我倒覺得那問題滿有新意的。它應該不是在生氣，而是還可以再跑吧？」艾米爾瞄了一眼筆管裡的墨水，還很多，可以跑很久。

「怎樣都好，快把它請回去啦——」

路卡的哀號聲占據了整個鑑識科小房間，或許聲音流到外面去了，突然有人大力撞開門。白火原本以為是鑑識科的其他科員受不了路卡殺豬般的悲鳴聲跑進來抱怨，打算馬上道歉——

「吵什麼？」

殊不知闖進來的居然是魔鬼科長暮雨。

暮雨煩躁的皺起眉，他瞪了一眼坐在地上玩筆仙的艾米爾和瘋狂慘叫的路卡，有種耳膜要被震碎的錯覺。不過，他也只是瞪了那兩人一下，又瞅了一眼白火，就往芙蕾那邊走過去。

看來他是有事情找芙蕾，發現對方不在工作崗位上，又聽見鑑識房間傳出噪音就過來了。

「怎麼了，暮雨？」芙蕾絲毫沒有工作偷懶被抓包時該有的愧疚，若無其事的提出疑問。

「我來拿上次有關影獸的情報資料。」

「啊啊啊啊！停不下來啦啦啦啦！我的手，我的手要抽筋了！」路卡不管在上司面前失態會有何下場了，和魔鬼科長比起來，這挑戰極限的筆仙恐怖一百萬倍！

「筆仙真的跑好快喔，白火小姐，真是不可思議呢。」

「我倒覺得你的心態比較不可思議……」

「艾米爾！快點想想辦法，叫它別再跑了，紙快要破掉了啦啦啦——」

「咻！」

一陣冷風閃過白火臉頰，電光石火的衝向對坐的艾米爾和路卡中央，嚇得三人呼吸暫停。

「那裡的，吵夠了沒？」

暮雨不知何時拿出了烙印鐮刀，把刀尖抵在艾米爾和路卡手上。剛剛擦過白火臉頰的正是鐮刀產生的銳利寒氣，白火驚恐的摸摸自己的臉，還好，臉還在。

「啊，是暮雨先生？」玩筆仙玩得太忘我的艾米爾這下子才回過神來，他從頭到尾都沒有察覺暮雨的出現，禮儀滿分的他馬上站起來敬禮，「午安，暮雨先生，請問發生什麼事了嗎？」

艾米爾之所以能毫無窒礙的站起來，當然是因為他鬆手的緣故。

「艾米爾，你放手了？！」只剩下自己一個人握住原子筆的路卡這下終於崩潰了，驚叫道：「討厭！艾米爾你怎麼這樣，你是故意的吧！筆仙請不回去怎麼辦！好可怕它為什麼還在跑！」

「啊。」艾米爾這時才發現自己兩手空空，「很抱歉路卡先生，一不小心就——」

「你要怎麼賠我！要是我二十二歲就死了，剩下的八十年歲月你要怎麼賠我！」

「人生都還沒過完一半，您就已經篤定自己能長命百歲了嗎？真是樂觀呢，我好羨慕。」艾米爾笑得異常燦爛。

啪一聲，白火聽見什麼東西斷掉的聲音。她轉到聲音來源一看。

暮雨的臉色上了一層魄力十足的陰影，看來斷掉的是他的理智線。

暴躁到極點的暮雨手一揮，鐮刀的刀尖對準像是鮮蝦般活蹦亂跳的原子筆，鐮刀產生的霜雪寒氣傳到原子筆上，白火看見原子筆頂端已經冷凝出結晶。

下一秒，他毫不手軟的劈下去——

原子筆立刻被直豎著剖成兩半！

「……煩人的東西。」

他冷哼了一聲，收起鐮刀。被他斬成兩半的原子筆還被鐮刀的低溫氣息影響，凍成兩截冰塊。

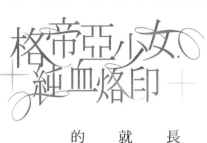

白火呆住，艾米爾呆住，路卡一樣呆住，倒是芙蕾習以為常的看好戲。武裝科的科長大人脾氣向來不太好，這次還親手毀了有待鑑定的時空碎片。

「稍後自己把影獸資料交給我。」暮雨見這種情況是拿不到資料了，瞪了芙蕾一眼就離開房間，絲毫沒有扼殺筆仙生命該有的愧疚之心。

「筆仙先生，您沒事吧？」暮雨離開後，艾米爾率先湊到白紙上的兩截冰塊前關心的問著，然後轉頭問白火：「白火小姐，看它動也不動的，這樣算是請回去了嗎？」

「怎樣都好啦……」逃過死劫的路卡倒是鬆了口氣，呈大字形癱在地上。

白火走上前，戳戳原子筆的殘骸，好冷，手都快凍僵了。照這情況，就算沒請回去八成也凍死了，之後應該不會有撞鬼之類的邪門事件發生。

「筆仙筆仙，暮雨先生很可怕對吧？」她再三確認。

筆仙仍舊動也不動，看來真的被那個魔鬼科長嚇跑了。

果然暮雨就是傳說中八字超重的鬼魂絕緣體？

稍後，聽從白火的指示，芙蕾把玩完的筆仙殘骸丟進垃圾桶，白火則是把被畫得黑壓壓的白紙燒掉。希望艾米爾、路卡還有把筆仙嚇跑的暮雨之後都能平安無事，她雙手合十祈禱著。

雖然能從時空碎片找出筆仙這種符合她年代的東西挺有趣，但果然還是另謀出路比較好。白火在鑑識科上面打了個大叉叉。

02. 白火的管理局巡禮：醫療科、武裝科

下午四點，路卡和白火來到了實習參觀的第三站——四樓醫療科。

其實所有部門中，白火最不想踏入的就是醫療科，因為管理局的天災局長安赫爾就是醫療科的一員，走進去參觀的話很可能就再也出不來了。

「醫療科就跳過吧？我又不懂醫學……」

「但是不去露臉的話，局長反而會糾纏上來喔。」路卡建議她還是去碰頭一下比較好，要是安赫爾颱風自己黏上來的話，事情只會更棘手。

醫療科是安置時空迷子的主要場所，同時負責應對時空迷子精神不穩、武裝科科員傷勢等狀況。當迷子回歸時空時，也是由醫療科來執行消去記憶的工作。白火所居住的迷子收留用房間就在醫療科內，她對這裡也相當熟悉，熟悉到每次在走廊上撞見安赫爾前就能迅速繞路走。

「那就馬上看完馬上離開吧，反正我也不可能加入……」這種需要專業知識與技能的部門，又有著喜歡暗算人的純種局長，她死也不打算蹚渾水。

「哎呀哎呀哎呀，這不是可愛的白火妹妹和路卡小弟嗎——」

唯恐天下不亂的聲音出現了，白火和路卡的肩膀從後面被人一拍，他們很有默契的站直身子。

「我就想說你們怎麼這麼慢，等到海枯石爛了呢。」安赫爾親暱的攬住兩人肩膀，訕訕笑了幾聲，「要是刻意跳過醫療科，局長我可是會很、傷、心喲！」

「怎、怎麼可能會跳過呢，妳說對吧，白火？」總覺得局長攬住他的力道大到肩胛要被擰碎了，路卡連忙諂媚的笑了幾聲。

「是、是啊，我的房間就在醫療科裡，哪有什麼道理要逃呢？怎麼可能會逃？」一樣快被折斷骨頭的白火飆高聲音，企圖掰開安赫爾壓在自己肩膀上的手。

「逃？我什麼都沒有說啊，怎麼會扯到逃跑了？白火妹妹？」

白火趕緊閉上嘴，她幹嘛自己跑去跳火坑啊！

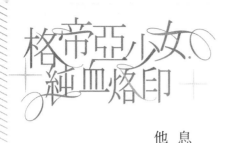

「算了，你們能來我很高興。雖然是想讓你們看看醫療現場的，不過現在是我的休息時間。」安赫爾又拍了兩人的肩膀一下才鬆手，「對了，有局員剛旅遊回來，帶了其他星都的特產，好像是什麼咖啡的樣子，要喝嗎？」

「可以嗎？」

「沒關係啦，放著也是放著。等我一下，我去拿過來。」他走到辦公室裡。

安赫爾的辦公室離這裡很近，晃一下就出來了，手裡拿著兩瓶飲料。

「謝謝。」白火第一次看到公元三千年的罐裝飲料，總覺得挺新奇的，看包裝的文字和圖案，的確是咖啡那類的東西。

她其實不太喜歡咖啡，不過既然是別人給的……看著身旁的路卡馬上拉開拉環喝了一口，還是打開來喝比較禮貌吧。於是，她也拉開拉環，小啜一口咖啡。

不喝還好，喝了才知道事情不得了。

「怎、怎麼有點……暈暈的……」

總覺得像是被抽乾了靈魂似的，白火搖晃著差點要飄起來的身體，眼皮越來越沉，最後終於承受不住，整個人側倒在地。

當白火醒來時，她猛然發現——自己居然躺在手術檯上。

手術室的燈光冰冷又死白，她睜開眼，眼神花了好一段時間才聚焦。

「午安啊，白火小妹妹，睡得還好嗎？」

她微微轉頭，就看見安赫爾燦爛到詭譎的笑臉。

安赫爾看看牆壁上的電子鐘，五點半左右，「啊，不過現在應該算是晚安了呢。」

「安、安赫爾……等等，到底是……」白火坐起來，花了幾秒鐘回想自己是怎麼暈倒的，越想越發毛，她馬上掐著安赫爾的領子大叫：「你這傢伙！」

她果然還是被陰了嗎！

昏迷前是四點，現在是五點半，中間的一個半小時到底發生了什麼事情！她發狂似的檢查著自己的四肢，沒有多出東西或少了東西，她又搶過手術檯上的小手鏡，臉上的五官也沒有少。

——所以到底是哪裡出了問題！內臟嗎！

「白火妹妹，妳還真是熱情呢，我記得剛來到管理局的妳明明挺乖巧的啊。」被揪住衣領的安赫爾不痛不癢的聳聳肩。

「是你害我變成這樣的吧！你到底在搞什麼鬼啊！」早知道就不喝那罐裝咖啡了，局長碰過的東西本來就不應該喝，「路卡呢？路卡在哪？」她記得路卡也喝了咖啡，但是不見人影，難道是人體實驗失敗已經被拿去處理掉了嗎？

「路卡嗎？他沒事喔，我告訴他我和白火妹妹還有事情要談，請他先迴避了。」

「所以遭殃的只有我？重點是他看到我暈倒什麼都沒說就逃了嗎！那個膽小鬼！」早知道剛剛玩筆仙就該讓他被孤魂野鬼糾纏的，「安赫爾，你到底做了什麼？」

「什麼都沒做。」安赫爾兩手一攤，「正打算做什麼時妳就醒了，真是可惜。」

「……我換個問題吧。安赫爾，你『本來』想做什麼？」

「植入晶片。」

「啊？」

「白火妹妹，妳耳朵後面不是一直戴著小型翻譯機嗎？一直戴著挺麻煩的，我想說乾脆把翻譯器晶片直接植入妳的身體裡。」安赫爾還細心的指出植入部位，「差不多是後頸的位置。」

「那你不會直接和我說嗎！來陰的是怎樣啊！」咆哮到一半的白火才發現抗議的重點錯了，「再說植入晶片是什麼東西？你居然要做這種喪盡天良的事情！」

「哪是喪盡天良，這很正常啊。大部分的人到了青少年時期就會選擇植入，這樣就不會有語言差異的問題了。白火妹妹，妳要不要也加入我們的行列？」

「才不要！」

「妳當真不要？」

「當然不可能，我又不是流浪狗！」把那種鐵片似的東西卡進她的身體裡，少開玩笑了！

「白火妹妹，妳這比喻讓局長有點傷心呢……」安赫爾誇張的抹了一下眼角，上面當然沒有眼淚。

「少裝模作樣了，而且我總有一天會回去，植了反而麻煩吧！」

「到時候再開刀拿出來就好啦！不然就帶回去當作紀念嘛。」

「……」

決定不再浪費唇舌，反正已經確定安赫爾還沒動手了，身體也沒出現什麼異狀，白火跳下手術檯，頭也不回的走了，神情冷淡得簡直就像是得到暮雨的真傳。

公元三千年人類與她的代溝，比馬里亞納海溝還深。

「若改變心意的話隨時都能來找我喔，白火妹妹，局長會永遠等妳的——」安赫爾沒有挽留她的意思，笑著揮揮手。

「你就等到死吧。」

白火瞪了他一眼，氣沖沖的離開手術室。

於是，在她的志願清單上，醫療科三個字狠狠的被紅線槓掉。

★※★◎★※★

晚上六點，白火獨自行走在一樓公共大廳。

已經來到管理局局員的下班時間，路卡也落跑了，只好明天再前往武裝科參觀——是說參觀實習就到這裡結束也不壞，光想到要到魔鬼科長那裡實習，白火前陣子被丟到訓練場任由猛獸啃食的悲慘記憶就再度浮上腦海。

調停科、鑑識科、醫療科、武裝科，看來管理局終究沒有她的容身之處。果然還是放棄想盡一份心力的雄心壯志，安分的當個宇宙難民吧。

「嗚哇哇，好危險好危險好危險——」

走到一半，耳邊傳來一陣尾音拉長的女性聲音，白火索性回頭一望。

一名女性抱著一大疊文件資料，從樓梯口搖搖晃晃走了出來。文件高度遮住了對方的整張臉，白火只能看見對方穿著武裝科諜報組的紅色制服，以及露出文件堆外的一小撮粉紅色髮尾。

——武裝科的人？

好奇之下，白火站在原地觀察著對方。

抱著高聳文件山的女性看不見前方，像是喝醉酒一樣在大廳上蛇行，每當快撞上人時，她都會千鈞一髮的拐個彎繼續走，進而又引起周圍一陣騷動，周而復始，簡直像是在表演特技。

「不好意思，各位請讓一讓喔，真是太危險，太危險了——」她的口氣聽來沒有任何歉疚，又轉了一圈，似乎是想往電梯走去，但方向完全反了。

「請問需要幫忙嗎？」白火走過去，對方抱著的文件未免也太多，難怪看不到路。

「啊，這聲音沒聽過呢，真的沒聽過，我又看不到人，請問是哪位啊？」對方疑惑一問，又思考了一下，「算了算了，正所謂路見不平拔刀相助，兄弟四海為一家，請妳幫幫我吧，現在真的好危險，超危險的。」

——似乎又是個怪人啊……

白火也不好意思中途退縮，只好搬過對方手上的一半文件。文件山的高度少了一截，這下總算看清楚那位女性的面容。

這是一位外觀約二十三、四歲，有著粉紅色中長髮、翠綠色眼瞳的秀氣女性，約到肩頸的櫻色長髮在側邊綁了一小髻馬尾，馬尾柔順的垂在肩膀上；細長的淺櫻色睫毛在白透肌膚上留下陰影，臉孔端正，鈴鐺般的雙眼更是讓人聯想到綠寶石，然而五官又不像芙蕾他們那樣深邃，似乎是個東方人。

不知怎的，明明這位女性已經抱著文件在大廳晃了老半天，卻都沒有人伸出援手。反而當白火接下那一大疊文件後，四周的管理局局員還有股鬆了口氣的感覺。

是她的錯覺嗎？

莫非她又遇到哪顆大地雷了？

「真是幫了大忙，幫了大忙，我想想喔……」櫻髮女性手上的文件重量減輕，她托住臉頰想了想，「啊，就先到那裡坐一下吧。」她指指大廳角落的沙發區。

「我知道了。」不把文件帶到別的地方，而是放到沙發那裡嗎？白火實在不明白，不過既然人家都這麼說了，還是乖乖照做吧。

兩人來到大廳角落的沙發區，把兩堆文件放到矮桌上。櫻髮女性甩甩痠痛的手，一屁股坐到沙發上。

「啊——好險有人來幫我呢，不然我就要帶著文件去撞電梯了，真是可喜可賀、可喜可賀！」她仰頭呼了口氣，正好瞄到站在旁邊的白火，「這位小夥伴，妳還站在那裡做什麼？坐下來休息啊。」

「呃，不，我還有——」

「沒關係啦沒關係啦，反正現在是下班時間，沒人會來搶沙發位的，坐下來吧！」

白火暗自吁了一口氣，果然是被怪人纏上了。不過她也沒有其他地方可去，現在回醫療科房間可能又會遇上安赫爾，待在這裡反而是個不錯的選擇。她乖乖坐到櫻髮女性對面。

「這些文件是？」白火也不敢直接翻開來閱讀。對方是武裝科的人。原來武裝科也需要這麼多資料啊，她原本以為武裝科就是上戰場打架。

「也沒什麼，不是什麼重要的東西，想看就看吧，請請請。」對方做出「請拿」的手勢。

——可以翻閱，所以不是科內的東西？

白火隨手拿了最上面一疊來看，資料上印著似乎是歷史偉人或學者的肖像畫與學術文獻，有些黑白人臉畫像她甚至在臺灣的教科書上看過，莫非加入武裝科還得精通來自四面八方的廣泛知識？

「嘿嘿，不要嚇到，人家正在拾回記憶的碎片。」對方俏皮的對同性別的白火拋了個媚眼，「像是夢裡的本我自我超我如果突然三權分立了起來那我們是否該誓死守護每個人格的言論自由以展現個體的獨特性之類的，學生時代的複習唷，嘿嘿！」

「……我建議您還是從頭開始研究會比較好。」白火勉強能聽懂，只是這毀滅性的知識扭曲是怎麼回事啊，她連吐槽的力氣都沒有了。

「從頭嗎？重新嗎？也是可以啦——不過最近工作很忙耶，可能要延期一下了。」

完全沒感覺到自己被消遣的女性歪歪頭，「管理局最近被世界政府打壓得很慘啊，做什麼都不順心，真是難過傷心又想哭——不介意的話妳就聽我抱怨一下吧？好嗎好嗎？」

「請、請吧。」還能不好嗎？白火翻翻白眼，早知道就不幫這女人搬文件了，根本是個講話跳針的怪胎。

「最近啊，邊境地區的異邦種族、或是迷子們鬧出的紛爭接連不斷，有些得了傳染病或是被隔壁區域的原生居民欺負，實在是慘兮兮。當初政府隨便劃分出種族居住區域後就拍拍屁股走了，留下一堆爛攤子要我們解決，我們管理局又不可能將整個第二星都跑透透，這種吃力不討好的工作真的好累人好累人耶——但是想辭職又辭不掉——」

「……」

「說到這個就不得不扯到世界政府和管理局的關係了，表面上說管理局是不受政府管轄的獨立機構，但還是遭受許多反對聲浪，政府也到處鑽法律漏洞來找我們麻煩，既然要來陰的，當初就別把管理局定位成這樣嘛！你們是小孩子在玩扮家家酒，出爾反爾成慣性嗎？」

「……」

「政府只保障原生居民的權利，那些異邦人和時空迷子們會怎樣都不在乎啦，何況最近更是變本加厲，把我們管理局踩在腳底下……啊！」

連珠炮說到一半，她像是想到什麼似的「啊」了一聲。

「我都還沒問妳名字呢，抱歉抱歉。」她眨眨綠色的大眼珠，「穿著便服，妳看起來不是局員呢，是迷子嗎？妳叫什麼名字呀？」

所以她是隨便抓個路人來當垃圾桶，對象是誰都沒關係嗎……白火不敢置信的抽了抽眼角，要是她不小心抓到政府的人，剛剛那一大串抱怨不就完蛋了嗎！

「……白火。」

「白——火——」

女性誇張的拖了個長音，看她那副模樣，顯然不清楚白火是誰。

「好特殊的名字呢，實在沒聽過，妳寫一次給我看看好嗎？」

白火點點頭，自己的名字確實是少見了點。

「直接寫在文件上就好囉，請請請——」女性把其中一張文件遞給她。

白火接過文件，找了個空白處，寫上自己的名字。

「哦——原來是寫作這樣啊，白火，白火。」女性接過手上的文件，興趣深深的端詳了一陣，「還真是個特別到不行的名字呢，白火小夥伴！」

對方到現在還是沒有自我介紹的打算。不過也沒關係，這種怪人白火也不想遇到第二次了。

紅色的制服，這種人是武裝科諜報組的人，這種人居然從事諜報類的工作……實在無法想像。白火站了起來，還是快閃微妙，她敬了個禮，「那麼我就先告辭了。」

「嗯，謝謝妳的幫忙，白火小夥伴，我們有緣再見啦。」

「──白火！終於找到妳了！」

這時候，背後傳來呼喊聲，白火往後一望。

「路卡？」

消失好一陣子的路卡又出現在她眼前，瞧他滿頭大汗的樣子，大概是徒步繞了管理局內部一整圈。

「白火，剛剛對不起！局長不准我追上去，他說如果我追上去就要照三餐寄靈異照片給我……真的很抱歉！」路卡衝到她面前，合掌比了個手勢，又慌慌張張的抓住她的肩膀問：「妳沒事吧？局長有對妳怎樣嗎？」

「沒事，沒關係的。」應該說差點就要出事了，但路卡看起來也不是故意的，白火決定不追究。要怪就全怪到安赫爾頭上吧。

「對了，白火，妳剛剛在幹嘛？」

「也沒做什麼，應該算是聊天吧？」白火指了指坐在她對面的櫻髮女性。

路卡順勢望去，一看到沙發上的女性，立刻像是見到債主似的退後好幾步。

「妳、妳是──」路卡戲劇性十足的指著對方大叫：「荻深樹？！」

「哈囉──路卡小夥伴，你還是一樣勞碌命呢。」名為荻深樹的櫻髮女性俏皮的眨眨眼，「今天過得如何啊？最近都沒看到你，我有好多有趣的事情想和你分享唷──」

「荻深樹？不就是那個……」白火思考了一下，這名字似乎在哪聽過。

不就是一大早路卡一臉慘澹介紹的那位通訊官嗎？那個和安赫爾聯手把路卡騙進武裝科，害他想轉科也轉不走的災難二人組？

「沒錯沒錯，小女子我乃武裝科的荻深樹通訊官是也！請稱呼我荻通訊官就好，我會很感激的。」

「荻深樹，妳又在想什麼詭計了吧！居然還把白火拐走！」

「路卡小夥伴好過分──人家才沒有這個意思，你怎麼老是誤會人家──」荻深樹矯揉造作的扭著身子，自以為很可憐的嘟起嘴來，泫然欲泣的眨眨眼，「人家和白火小夥伴只是碰巧遇到，白火小夥伴很貼心很善良的幫人家把文件搬了過來──吶，白火小夥伴，對吧，沒錯吧？」

「……應、應該吧。」白火別過臉，既然都是和安赫爾齊名的災難二人組了，這到底是無心還是蓄意她也無法判斷。

她甚至在想荻深樹會在大廳裡表演蛇行特技，也是安赫爾的命令。

「總之，謝謝妳幫我收拾這些文件，白火小夥伴。」荻深樹站了起來，重新搬起那堆超高的文件資料，打算回武裝科。

「需要幫妳搬回去嗎，荻通訊官？」白火看那一大疊文件如果山崩也挺危險的，決定好人做到底。

「啊？不用啦，因為指紋已經到手了。」

「指紋？」

「白火小夥伴剛剛碰了那些文件吧？上面有妳的指紋，這樣就夠啦，銘謝惠顧。」荻深樹笑彎了一對綠眸，攤開墊在文件下的複寫紙和契約書，解釋道：「只要把這些指紋採出來，做成指印印在契約書上，再把剛剛得來的親筆簽名動點手腳，妳就正式成為武裝科的一員囉！啾咪☆」

她還相當有力量的用一隻手托住所有文件，另一隻手比了個閃亮亮的手勢，雖然全被文件擋住了根本看不見。

「……」

「荻深樹，妳這傢伙果然又來了！這種卑鄙手段究竟要玩幾次才甘心啊！」

「欸嘿嘿嘿，你這樣稱讚我也得不到任何好處唷，路卡小夥伴！」荻深樹華麗的轉了幾個圈，「那麼再會啦，我現任的武裝科好夥伴，以及我未來的武裝科好夥伴！我們會在此相遇都是緣分，真是皆大歡喜，皆大歡喜啊！」

她又嘿嘿笑了幾聲，甩著粉紅色馬尾揚長而去。

被留下來的白火和路卡停在原地，像是黑白畫像那樣頓時失了色彩。

回過心神後，發現事情大條的路卡連忙看了一眼白火，「我、我說白火？」

與他對上眼的，是抽抽噎噎、簡直快哭出來的黑髮少女。那個荻深樹，他從剛認識她到現在也經過了好幾年，玩弄新人的劣根性果然還是始終如一。

「路、路卡，我、我——」

「用不著說，我想我猜得出來……」路卡頓時有種想抱緊她任由她大哭的衝動，不過那樣實在太匪夷所思，這裡可是一樓大廳，「總之……妳就好好加油吧。」

「可是、可是、可是路卡——」

「可是白火，我們已經回不去了！」

先不管這句話究竟是哪裡抄來的，路卡說得沒錯，無論是臺灣還是自由之身，她確實回不去了。

有過切身經歷的路卡握緊拳頭，開始大聲道出自己的求職血淚史——

「我當初也是這樣被騙進來的啊！本來要加入調停科，結果一來管理局，荻深樹就突然冒出來說要當我的導遊，然後問我『路卡．伯恩』這名字怎麼寫。之後我的午餐就被局長動了手腳，吃到一半暈倒在餐廳，醒來就發現工作契約書上已經蓋了自己的指紋和簽名！原來是之前寫名字的時候下面被墊了一張複寫紙！」

「等等，這根本是詐欺吧！而且這遭遇怎麼和我這麼像啊！」

「局長之後看到我，還一臉笑嘻嘻的說什麼『歡迎成為武裝科一員，啾咪☆』……啾個頭啊！一點都不好笑！」

「如果趁現在把契約書搶回來呢？」

「搶不回來的，契約書會交到暮雨科長手裡……如果打贏科長的話，說不定還有機會。」路卡一想起自己曾經要去把契約書拿回來的經驗就心有餘悸。

當時，抱著辭職決心的他來到暮雨的辦公室，問暮雨科長可不可以拿回契約書，或是把他調到別的部門去，不然叫他回家吃自己也好。

結果，坐在辦公桌前的暮雨蹙起眉，氣勢橫掃千軍的踹了一下桌子，差點把辦公桌踹飛。

「——你這傢伙，是把武裝科當兒戲嗎？」

這樣就算了，暮雨還拿出鐮刀，一副如果他要辭職那乾脆從此讓他走不出管理局大門的模樣。

服從或死，**選一個吧**——魔鬼科長的臉上清清楚楚寫了這幾個字。

從那之後，路卡再也不敢提出轉科或辭職的要求，注定一輩子都得被武裝科綁得死死的。

「……我們一起加油吧，白火。」一回想到此結束，路卡沉重的拍了拍白火的肩膀，勸道：「從今以後我們就是同一艘船的夥伴了，不是一起航行就是一起沉！總之絕對不可以輸給荻深樹和暮雨科長那兩個魔鬼！」

「同一艘船嗎？我怎麼……一點也高興不起來呢……」

另一方面——

詭計得逞的荻深樹這時正和局長安赫爾碰頭，兩個人就像是失散多年的兄妹般「耶嘿！」、「啊哈！」的默契十足擊掌歡呼。

魔鬼科長暮雨則是打了個哆嗦，他有預感，似乎又有什麼麻煩事要發生了。

03. 有關上班三天就被推上戰場這件事

如此這般，現在把時間快轉，回到白火接受武裝科訓練一個月後、暮雨的辦公室裡。

「遲到了十秒。」暮雨把碼表轉到白火面前，八點零分十秒點零零，「原因呢？」

「……非常抱歉。」感覺自己在上班第一天就會被宰掉的白火垂下頭。

早就和她有著「訓練場情誼」的暮雨絲毫沒有摻雜私情，眼睛瞇成一條細縫，冷眼看著她。

「我可不是要聽妳道歉。再問妳一次，原因呢？」

「就、就是那個……」

到底該怎麼辦才好啊……白火掩住慘灰的臉，她透過指縫偷瞄了一眼暮雨，對方凶惡的視線透過指縫差點射瞎她的雙眼。這下死定了。

「暮雨小夥伴——在嗎在嗎——？」

就在白火要被鐮刀割斷腦袋時，熟悉的聲音從門外傳了過來。這聲音、這稱呼，怎麼聽都是安赫爾的好搭檔荻深樹。

暮雨瞪了一眼冷汗直流的白火，那眼神看起來就像是在說：算妳逃過一劫。

「進來。」

荻深樹晃著一頭粉紅色中長髮走進來，微捲曲的髮尾隨著她的身子飄動搖晃，「白火小夥伴也在？好上進，真是上進呢——」她笑嘻嘻的拍了下白火肩膀，走到暮雨面前。

「哈囉，暮雨小夥伴，我是來通知會議的。」

「講過多少次了，改掉那個稱呼。」

「你不覺得大家都是好夥伴，才有種同心協力有難同當生死與共的悲壯感嗎？」

暮雨顯然不想糾正通訊官的思想了，「我現在過去。」

他一聽到荻深樹所說的會議，即刻拿起桌上的文件資料，「這東西交給妳處理。」他指指站在辦公桌前的白火，交代完就走出了辦公室。

自己居然還被當作是「東西」啊……雖然不知道發生了什麼事，但總歸是撿回了一條命，等暮雨離開後，白火虛脫似的鬆下肩膀。

「白火小夥伴，妳上班第一天就受到暮雨小夥伴的特別關照啊……很幸運，非常幸運喔！」完全是在挖苦她的荻深樹用手肘撞撞她的手臂。

「妳就別再說了……對了，荻通訊官，剛剛妳說的那個會議是？」

「那個啊？就是科長會議，四大部門的科長們會聚集起來開會。通常有科長會議就代表有事件發生囉。」

「事件？」

「嗯嗯，調停無法解決，需要武力來介入的事件，簡單來說就是武裝科的表演時間啦。」荻深樹欽嘿嘿嘿的笑了幾聲，「白火小夥伴妳果然很幸運耶，上班第一天被暮雨小夥伴釘死死，然後馬上就要被推上戰場，真是可喜可賀、可喜可賀！」

「這算哪門子可喜可賀啊……」

「總而言之，要繃緊神經囉，白火小夥伴。」

白火不想管荻深樹的偏差性格了，「是，我會加油的。」

「不只是對外任務，在管理局時也不能鬆懈喔！人世間是很險惡的。」

「怎麼突然這麼說？」

「雖然白火小夥伴上次大顯神威把影獸燒成火球，贏得其他局員一片喝采，但畢竟妳是突然蹦出來的時空迷子，一下子爆紅一定會出問題，妳就當心點吧。」

荻深樹應該是指身為迷子的她得到管理局許多人關照、甚至是特別待遇的事情，必定會引來危機。白火也能理解她的言下之意，點點頭，「我會小心的，謝謝妳。」

——荻通訊官怪歸怪，其實人不錯嘛。

「下午會議結果應該就會出來了，到時候暮雨小夥伴就會鐵青著一張臉講解任務主旨喔！那表情真的是有夠嚴肅，霹靂無敵嚴肅的。在會議結束前，就和我去整理文件消磨消磨時間吧。」

講解任務啊，不過她才剛來到武裝科，應該不會這麼狠心把她這個菜鳥送上最前線才對……白火原本是這麼想，但對方可是那個魔鬼科長暮雨，話還是別說太死比較好。

白火隨著荻深樹走出辦公室，正式開始她的菜鳥科員生活。

★※★◎★※★

工作告一段落，已經來到中午十二點的午餐時間。

去挑戰附近吃到飽餐廳的荻深樹已經一溜煙跑了。聽其他武裝科科員說，別看荻深樹長得苗條纖細，她可是攻陷數十家吃到飽餐廳的衛冕大胃王，目前零敗績，有些店家還把她列入黑名單，在門口掛了「荻深樹與狗禁止進入」的牌子。

荻深樹也有邀她去，但沒有薪水又無法奉陪的白火當然是推辭掉。

午餐時段的電梯爆滿，懶得排隊的白火獨自走下樓梯，反正武裝科位於三樓，踩個幾階階梯就能到公共大廳了。

「嗚哇！」

走到一半，白火突然感覺背後被人一推，整個人失去重心摔到樓梯下。她從第三階階梯左右被推下來，所幸高度不高，並沒有傷到腳踝或關節。滾到地上的她吃疼的摸摸屁股，這推力還真不小，她反射性抬頭一看。

樓上當然沒人，推她下樓梯的凶手已經跑了。

這就是荻通訊官說的那種人嗎？白火與其說是生氣，倒不如是種無力感。她小時候在孤兒院被欺負慣了，被其他小孩反鎖在房間裡的次數也不少，相較之下，被推下樓梯似乎不算什麼。不過之後還是小心為妙吧。她拍拍黏滿塵埃的裙子，不以為意的站起來。

她才剛打算站起來，就有一隻手朝她伸了過來。

白火抬頭一看，「你是……朔月？」

對她伸出手的，是調停科的朔月。

墨綠色的髮與瞳，頭上還長著龍角的龍族青年不發一語，彷彿白火不握住他的手他就不會有下一個動作。白火只好先握住他伸過來的手，站起來。

「謝謝。」站起來的白火抹平衣服上的皺褶，「你怎麼會在這裡？」

「路過。」朔月一如往常還是那副沒睡飽的樣子，他往樓上一看，「需要，幫妳追上去嗎？」

「沒關係的，不是什麼大不了的事情。」

朔月不解的偏偏頭，既然當事人都說沒事了，他也不打算多管。

「午餐，吃過了嗎？」他接著問。見白火搖搖頭，他逕自走向樓梯口，又說：「一起走吧。」

反正是獨自一個人，白火也沒有其他拒絕的理由，她低聲說了句「好」就走到朔月身旁，和他一起前往餐廳。

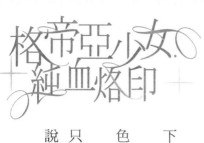

姑且算是迷子身分的白火還沒有領到薪水，她拿著免費的套餐和朔月找了個位置坐下。朔月講話慢又少話，她有預感這個午餐時間會相當悠閒。

「白火，加入武裝科了呢。要加油喔。」朔月似乎這時才發現白火身上的武裝科黑色制服，緩慢的露出笑容，「聽其他人說，白火也是迷子，是從哪裡來的呢？」

身為純種烙印者，卻是來自過去的迷子，白火的身世之謎目前被勒令為高階機密，只有安赫爾等少數人知道實情。屬當事人、且被下達封口令的白火只好停頓一下，勉強說了個地名：「……臺灣。」

「臺灣？」

公元三千年的人都不知道臺灣在哪了，朔月這異邦人當然更不在話下。

「嗯，在地球，不過現在好像被海水淹沒了……朔月呢？」

「不太記得了。被時空裂縫吸進去時，有時候會產生記憶混亂的現象，所以，想不起來。」

「這樣啊……抱歉，問了你這種問題。」

「沒關係，不是什麼大不了的事情。況且，我也很喜歡這裡。」

白火想著，自己當初來這裡時沒有出現混亂或記憶喪失等問題，原來時空裂縫會讓人產生記憶障礙嗎？

「我只記得……原來的世界，是個很冷的世界。然後我們龍族，一向不喜歡捲入其他種族的紛爭，大家都覺得，喜歡和其他種族接觸的我，是異類。」朔月沉思了一陣，開始緩緩說道：「所以，我覺得這裡，第二星都，很棒，我很喜歡和大家在一起。」

「你的意思是……你很喜歡現在這份工作嗎？」

「嗯。我喜歡管理局保護少數種族，一視同仁的理念。這世上還有很多像我這樣的人，我想要用自己的力量，保護那些人。」朔月指指自己，「像『朔月』這個名字，就是局長幫我取的，因為大家說原本的名字，不適合我。」

安赫爾之所以會取「朔月」這個名字，是因為朔月來到這裡時，正好是朔月之夜。

「所以，希望……希望白火也可以喜歡這份工作。就算遇到剛剛那種事，也請妳，不要討厭管理局。」

看來剛剛白火被推下樓梯的事情，他果然全看在眼裡。

白火吃驚的眨眨眼，原來朔月這一番話都是為了安慰自己，總覺得有點不好意思。

「謝謝你，我不會因為這樣就討厭這裡的啦。」她低下有點泛出紅潮的臉頰，朔月看起來讓人摸不著思緒，其實意外貼心也不一定。

「對了，我聽說了，今天有科長會議。」這時朔月換了個話題：「白火，小心點，別受傷了。」

「嗯，我會注意的。」

成為迷子來到公元三千年的世界似乎不全是壞事，她如此思考。

到了下午，如同荻深樹所說的，科長會議告一段落。武裝科科員聽命前往會議室，開始接受本次會議結果的說明，以及武裝科分配到的任務內容。

會議室呈長方形，每排座位隨著階梯逐漸升高。桌上擺設著描繪任務內容和地圖的螢幕，並由身為科長的暮雨負責解說。一部分武裝科科員已經投身到其他作戰，參加這次會議的只有部分科員、內勤人員及通訊官。

暮雨站在會議桌的主席位置，開始道出這次的任務內容。

「本次的執勤地點，位於第二星都邊境的72區。」

第一天上班就參與作戰會議的白火緊張得不得了，正襟危坐在會議桌前，目不轉睛盯著前方螢幕出現的任務細節和地圖。

72區，那是位於第二星都邊境的沙漠地帶。

當初為了配合地球居民的生態環境，五大人造都市的地理氣候都是模擬地球，同樣存在著沙漠與極地等險峻地形和氣候。本次的72區就屬於人口數偏低的溫帶沙漠。

十年前，也就是2990C.E.，在第二星都外圍發生了大規模時空裂縫，將異邦的某個民族全部吸引了過來，時空迷子的數量高達數百人。事後，為了安置這些異邦來的時空迷子，世界政府便將第二星都的邊境沙漠區域設為該族群的自治區，那就是72區。

經過調查，該民族原本居住的異邦環境和溫帶沙漠類似，這就是他們被歸納到72區的主因。這些來自異邦的沙漠民族，統一被稱為「沙族」。

然而，世界政府未經過縝密思慮便將沙族安置到72區的行為，就是導致本次衝突的禍端。

已經無法回歸故鄉的沙族選擇在第二星都72區落地生根，然而人造星球的沙漠環境仍舊和原生地有所出入，沙質土地無法孕育出好的農作物，連最能夠發展的畜牧業也遭到限制，沙族的生活逐漸陷入困境。

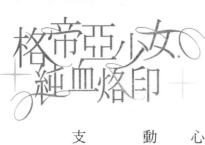

不只如此，位於邊境的72區附近一帶也有其他種族棲息，在區域界線模糊的情況下，種族間的衝突不計其數。十年間以來，管理局調停科時常往返72區進行調停，然而這終究非治本之道。遭到生存困境、又面臨被周圍其他民族侵略領域的危機，沙族居民心中的不滿終於隨著時間累積而爆發。

沙族向世界政府提出當初區域劃分有所疑慮的指控，卻被世界政府詆毀成謀反行動，並且以沙族蓄意和周圍種族鬥爭擴張領土為由，動用武力，干預沙族的生存空間。

「本次的任務是要奪回被世界政府強制鎮壓的72區，保衛該區居民的自治權。」暮雨身旁的通訊官操作電腦，列出本次作戰的成員名單。包括參與前線作戰、後方支援、以及位於本部負責引導的通訊官等。

路卡、暮雨、荻深樹、還有在調停科連環爆粗口的雪莉等等，白火熟悉的名字都在名單中，她繼續往下看。

「我、我也在？」然後她看見了自己的名字，好死不死還是最前線。

她驚呼的聲音不大，還是被遠方的暮雨聽得一清二楚，「那邊的，有什麼問題嗎？」

「不，沒什麼，很抱歉……」她立刻坐直身子。

暮雨瞥了她一眼，再度巡視了參與會議的科員們一眼，「作戰時間為兩天後，詳情將會在之後公布。另外，本次作戰的情報聯繫由荻通訊官負責。」

語畢，他看了荻深樹一眼，後者點點頭，站起來向大家揮揮手。

「哈囉，各位小夥伴——之後要戴好通訊器，不然就聽不見我美妙的聲音囉！」

「還有什麼問題嗎？」暮雨問，確認大家都沒有問題後宣布：「那麼會議到此告一段落，解散。」

會議結束，武裝科科員各個離開會議室，只剩下白火愣愣的坐在位子上，直盯著螢幕上的作戰成員名單。

其實她有問題，非常非常有問題。

「為什麼，我會在上面……」她難以置信的低喃著。作戰是兩天後，換句話說扣除掉之前為數可觀的培訓期，她才正式上班第三天就要被推上戰場？這武裝科也太沒人性

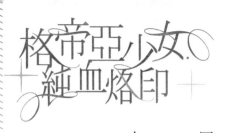

了吧！

正打算走出會議室的路卡看了白火一眼，她的表情似乎不太對勁，便折回來拍拍白火的肩膀。

「路卡？」

「別緊張成那樣啦，全力以赴就行了。」他湊近白火耳邊低聲說：「其實我覺得這次任務是暮雨科長想測試妳的能力，妳看，科長不是也在名單中嗎？科長前幾天才在別的地方教訓了搗亂的異邦族一頓，照理來說不會馬上又投入新作戰的。」

「測試我嗎……」白火抽了抽眼角，那不是更慘？如果逃走一定會被暮雨抓回來扔回戰場上。

「總之加油啦，有什麼問題我會掩護妳的。」

「……嗯，謝謝你。」反正事情也沒有轉圜的餘地了，不如就豁出去吧，白火重整士氣，「為了72區的居民，一定要好好加油才行。」

「沒錯，就是這股氣勢，絕對不能輸給政府那群傢伙喔！」

作戰時間是兩天後，白火摸了摸左手的格帝亞烙印，希望任務一切順利。

★※★◎★※★

距離管理局大樓不遠處的郊外，碎雲與星辰點綴於乾冷空氣裡。建築稀疏，夜晚的燈火昏黃，在這忽明忽暗的靛青色夜景中，可以若有似無的看見高空中正浮現著某道黑影。

那是一塊面積數平方公尺的黑色碎布，像是擁有保護色的變色龍般融入夜空之中。定睛一看就能發現，那塊黑布有著厚實的翅膀以及尾巴——身形巨大的飛龍正披著夜色翱翔於天空。

飛龍震動翅膀，溫順的滑行於夜幕，勾勒出一道墨色的飛行軌跡。粗糙的龍背上坐著一位身形正值發育期的金髮少年，是艾米爾。艾米爾熟練的駕坐在龍背上，即使夜風吹亂他的金髮，他仍不動聲色的盯著頭頂上的星星。

「果然還是晚上好，比較不會被發現。」艾米爾稍稍攀住飛龍的頸子，有別於平時的溫柔穩重，有些俏皮的笑了，「是秘密喔。」

飛龍發出呼嚕嚕的低鳴聲，吐出了人類的聲音：「嗯。」

這嗓音雖說因飛龍粗厚的咽喉而顯得沙啞低沉，但無疑是朔月的聲音。

當年朔月被吸入時空裂縫，來到公元三千年的世界時，負責搭救的就是艾米爾。朔月是艾米爾加入鑑識科時第一個救援成功的異邦迷子。歲月輪轉，無法回歸原本時空的朔月如今也成為管理局一員，兩人的交情之深在管理局內可說是眾所皆知。

朔月平日以人形姿態現身，真身則是此刻馳騁在天的墨色飛龍。他並不討厭化為人形，然而唯有展翅飛翔時才能感受到生活於原本世界該有的釋放感。因此長期相處下來，艾米爾總會偷偷的帶著朔月飛上天空。

被行人撞見飛龍的姿態絕對會造成恐慌，唯有夜晚才能掩人耳目，這已經成為兩人的默契。

「就是明天了呢。」艾米爾輕輕撫著朔月身上的鱗片，不管摸幾次，他依然覺得觸感很特別，「希望大家別受傷才好。」

「很擔心嗎？」

「嗯，有種看著雛鳥離巢的感覺。」

艾米爾指的是白火，親手搭救的迷子竟然一眨眼就被送上了最前線，不知是該哭還該驕傲，一種類似母鳥護子的奇妙心態油然而生。

身上的金髮少年遲遲沒有動靜，敏銳的朔月低聲問了句：「發生什麼事了嗎？」

艾米爾沉默良久，才緩緩開口：「……我一直在想，利用武力介入來強制達到種族和平……這真的是最好的方法嗎？」

他垂下眼簾，蔚藍色的眼瞳布上了一層陰霾。朔月無法看見他的臉龐，卻輕而易舉的就能想像出——那是個無助而寂寥的神情。

「我當然也知道現在的局勢，為了從政府手中保護其他弱勢族群，除了訴諸武力之外，也沒有其他辦法了，但是這樣得到的和平，真的算是和平嗎？那些被武力消弭的種族紛爭……就再也不會重蹈覆轍了嗎？」

鬥爭與間歇性的和平，從來到管理局的那時起，他眼中就只有這兩種現象不斷輪替。艾米爾直到現在都還是持續迷惘，甚至懷疑自己長久以來的付出是否真的有意義。

「就算這次成功了，下次呢？其他成千上萬的迷子呢？我們不可能拯救所有人。」

繼續待在管理局，真的有辦法改變這蠻橫無理的世界嗎？長年下來，他的這份躊躇不曾消弭。

上升氣流改變，朔月的翅膀又滑出一道半弧形，飛往了別的方向。

「但是，我得救了喔。」此時，緘默已久的朔月說話了。

「朔月？」

「多虧有艾米爾，我得救了，謝謝你。」

朔月深深吸口氣，龍嘴中露出了幾顆銳利的白牙，看起來是一抹微笑。

「就算你無法拯救全部的人，但是對我而言，你就是道光芒。」

朔月的聲音乘上夜風，語調悠然平靜。

「像艾米爾這麼善良的人，只要能堅持自己心中的想法，一定沒問題的。」

從野獸聲帶震動而出的嗓音照理來說應是粗啞得宛如嗚叫，可卻又好似潺潺溪水般確實撼動著艾米爾的心臟。

「當你再次感到迷惘時，我會，帶著你飛上夜空。所以，沒關係的。」

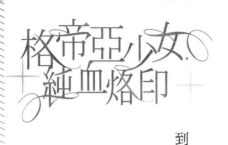

夜風輕撫著艾米爾的臉頰，多半是眼角酸澀的緣故，眼窩周圍的體溫升高，他感覺到颼颼吹來的冷風正降溫著自己火燙的肌膚。

「……謝謝。」

良久，他露出彷彿在強風中不願屈倒的綠草般、堅韌無比的笑容。

只是不知怎的，那抹笑容也摻雜了徬徨與哀傷。

★※★◎★※★

或許是為了鼓舞新成員，荻深樹在下班後就擅自抓著白火的手，拍胸脯保證：「局長請客啦！」然後將她丟進附近鬧區的某家餐廳裡。

理所當然的，在武裝科裡算是食物鏈最底層的路卡也被抓了過來，加上遲來的金主安赫爾和打定主意吃免費晚餐的芙蕾、以及不知道為什麼跟過來的雪莉，一行人浩浩蕩蕩的聚集在夜晚的餐廳包廂。

「那乾脆今天就當作白火歡迎會兼白火入局會兼白火出征祝賀會好了，簡稱『白火與她的好夥伴綜合派對』，嗯，乾杯！」安赫爾舉起裝滿酒的杯子帶頭起鬨。

白火一臉無奈的看著高舉酒杯的職場前輩們，其實這群人只是突然想吃美食才群聚在此的吧？順勢就拿她當藉口，真是一群隨便的傢伙。

「白火小夥伴，來，別客氣。」荻深樹把酒塞了過來。

「不行啦，我還未成年！」

「不會吧，真的有人會乖乖遵守未成年禁止飲酒？妳該不會就算連路口沒車子也會乖乖等紅綠燈吧？」

接下來是沉默許久的雪莉開始抗議了：「奇怪，人家的暮雨先生呢？人家是聽說暮雨先生會來才跟來的啊！」

「別傻了，那個乖僻冰塊怎麼可能會來啊，想也知道那是騙妳的啦，欸嘿嘿嘿！」

「荻深樹，好大的狗膽，妳這臭女人竟然敢騙老娘！」

於是雪莉和荻深樹不知道為什麼就當場打了起來——負責後勤通訊、戰鬥力零分的荻通訊官當然是被雪莉追著打，猛烈追逐戰之中不小心掃到正在喝酒的芙蕾。

「做什麼，兩個放肆的傢伙！」

酒杯裡的液體濺灑一地，於是憤怒的芙蕾也加入了混戰之中。根據小道消息，芙蕾以前似乎是某個暴走族的老大，目前已金盆洗手。

看著包廂裡三個女人那莫名其妙的混戰，安赫爾置身事外的愜意喝酒，至於開場時就被灌到爛醉的路卡早就像具屍體橫躺在角落，從頭到尾一點用處也沒有。

「果然會變成這樣，難怪暮雨科長不肯過來……」

看著這幾乎要毀掉包廂的女人大戰，白火臉上掛滿一打黑線，趕在被波及前悄悄逃離現場。

有別於包廂內充滿酒氣與悶熱高溫，逃到店外附近的露天陽臺後，冷涼的夜風降下體溫，她舒緩的吐出一口氣。

白火索性朝外頭的夜色一看，正好有個人影趴靠在露天陽臺的欄杆上，仰望著天空上稀疏的星點。冰冷夜風吹拂著萌芽而出的細嫩枝葉，發出寂寥的空虛沙沙聲。夜色之中，人影彷彿褪去色素的細柔中長髮微微隨風擺動。

明明還沒瞧見對方的正面，白火卻毫無邏輯的確信著——自己見過這個人，她看過這個背影。

被這道背影吸引的她走到陽臺旁，在看見青年的側臉後，更加篤定了。

「……約書亞！」

稍微有些閃神的青年怔忡了一下，轉過頭來一臉訝異的看著她，「妳是——」

青年眨眨因夜晚變得黯淡的紅色眼瞳，花了幾秒撫平驚訝後，自然而然露出彷彿春天花朵般的美麗笑容，「好久不見，白火，我們果然又見面了呢。」

絲綢般的白金色髮絲，偏向中性的精緻清秀五官，纖瘦而優雅的身段，以及那美得不可方物、莫名又帶點哀愁憂傷的笑容，不會錯的，果然是約書亞。

「你怎麼會在這種地方？」當初離別時，白火就有股預感會重逢，只是沒想到會是這麼普通的方式。

約書亞笑著思忖了幾秒，「嗯——散步？」打了個馬虎眼。

獨特的清澈嗓音多了幾分淘氣，看來真的只是巧合也不一定。

「小黑過得還好嗎？」

「最近又不見了呢，可能跑去哪玩了吧。」約書亞想到之前引起騷動的黑色貓咪，不自覺被回憶勾起嘴角，深感羨慕的喃喃自語：「當貓真好。」

夜晚的露天陽臺除了他們以外空無一人，兩人正好獨占隔絕了喧囂空氣的寧靜空間。不知道餐廳包廂裡的荻深樹他們怎麼樣了？白火心想。

「白火，妳喜歡夜晚嗎？」約書亞突然說道。

「什麼？」

「我不太喜歡，看著這種天空……感覺就像是要窒息了一樣。」他抬起有著優美流線的下顎，稍稍瞇起細長睫毛下的雙眼，用著嘻笑的口吻說：「但是好險沒有回去，不然就見不到妳了，嘿嘿。」

這個人還是和初次見面一樣有著奇妙的節奏感，不食人間煙火又帶點我行我素的性格也沒變，白火再次確信了：這人果然是約書亞。

「恭喜妳，妳很努力喔。就快到出發的日子了呢。」

「……約書亞？」

——他到底在說什麼？是指加入武裝科的事情，還是投入最前線作戰的事情呢？為什麼他會知道？

白火下意識繃緊了戒心，然而狐疑的盯著約書亞的側臉時，又不爭氣的鬆下肩膀。

「但是……白火，這樣真的好嗎？」約書亞垂下眼簾，赤紅色的眼瞳布上了一層陰霾，「沙族以外的人們呢？仍有不計其數的迷子和異邦人被世界所遺棄，你們有辦法拯救全部的人嗎？」

「你到底是——」

「就算這次成功了，也無法完全遏止衝突與鬥爭，不可能讓所有人獲得幸福……管理局的理想終究只是痴人說夢。」

不可以輸，就算面對逆境也不要放棄——約書亞明明曾經對她說過這種話，如今卻判若兩人的散發出無法消弭的悲觀漩渦，纖瘦的身姿添了一股令人無法接近的無助，讓白火一時啞口無言。

腦袋閃過了千言萬語，白火欲言又止的嘴張張合合，像隻離水的魚兒，怎樣也發不出任何聲音。

「……不好意思，好像和妳說了很艱深的事情呢，就當作是我在發牢騷吧。」

明白自己毀了難得的重逢氣氛，約書亞輕嘆了一口氣，說了句「對不起」後就打算離去。

不料他才剛轉過身，便聽見身後傳來白火的聲音。

「……我不懂什麼艱深的大道理，腦袋也不是很聰明，但是我……我只是，竭盡所能而已。」白火深深吸一口氣，筆直的凝望他的背影說道。

約書亞說得沒錯，他們不是什麼大聖人，再怎麼擁有力量也無法搭救所有受害者，但是——

「就像是當初來到這個世界時有人對我伸出援手一樣，現在我也想要用我的力量去幫助其他人，這樣不可以嗎？」

現在可不是說這種喪氣話的時候，還有許多人、還有許多被戰火與鬥爭蹂躪的人們正等著他們伸出援手。哪怕只是一點點也好，暫時的假象也無妨，只要能夠守護他人，她就能為此挺身而出。

「……嗯。」約書亞的雙眼彷彿陰天的翳日般，晦暗的不見光彩，他有些沒轍的摸摸白火的頭，「是我說得太過火了，對不起，白火。」

「我沒有生氣，我只是——」

「我知道。」他又笑了，是至今為止最為悲傷的笑容，「妳想說的，我都知道。」

——約書亞的心靈裡究竟寄宿著怎樣的黑暗呢？

白火任由他細瘦的掌心撫著自己的黑髮，一股難以言喻的憂鬱透過約書亞冰冷的指尖傳進了她的腦海裡。

「我很期待妳的藍色光芒，白火，加油。」

白火遲遲不敢昂首正視眼前的青年，喉嚨乾渴到無法吐出任何字句，只好低聲說了句：「……好。」即便她根本不懂約書亞的話中之意究竟為何。

不久後，約書亞的手心脫離她的頭，溫柔的離去了。

儘管氣氛尷尬，他還是說了句：「下次見。」

白火只能看著約書亞如植物細莖的脆弱身影消失在冬末的街道中。

行走了良久，隻身一人的約書亞驀地停下悠緩的腳步，再度翹首仰望他不太喜歡的黑夜。

「那麼，那些被世界遺忘的棄子們，又該如何是好呢？」

約書亞發出無人聽聞的低語。

04. 72區救援作戰

從高空一望而下，第二星都邊境72區被一片黃沙與高原籠罩。

「哇——」初次目睹這壯觀風景的白火整個人黏在玻璃上，忘我的發出驚嘆聲。

每當起風，地表上的沙丘就會隨著風向改變形狀。第一次從高空鳥瞰新月丘成形的白火絲毫不敢眨眼，因為只要一閃神，沙漠上的新月丘就會改變方向。

教科書上寫的果然沒錯，新月丘的尖端會隨著風向千變萬化，使人弄不清方位，這就是旅人經常迷失在沙漠中的原因。

「少那副迫不及待的樣子，我們可不是來觀光的。」坐在白火身邊的暮雨看不下去了，沒好氣的瞪了她一眼。

「是的，很抱歉！」被這眼神一掃，白火馬上把貼在玻璃上的臉轉回來，正經八百的坐好。

白火、暮雨、路卡和雪莉，參與72區奪還作戰任務的四人正搭乘著漆上光學迷彩的直升機，瞞過政府的眼線來到沙漠地區。目前一行人正位於72區沙漠地帶的高空。

「討厭討厭，暮雨先生就算是生氣一樣好迷人，帥氣無法擋！人家也想像白火小姐那樣和暮雨先生說說話啦——❤」同樣坐在暮雨身邊的雪莉扭著身子，露出著了魔似的甜膩笑容，不時還把嬌小的身體貼上去吃豆腐。

「吵死了，安靜點。」早就習慣這種問題科員的暮雨又是一瞪。

「光是聽見暮雨先生的聲音，人家的心就快要融化了——❤」

把目光從窗外調回來的白火安靜的研究這種奇妙場面，果然看幾次都很有趣。這幾天觀察下來，雪莉這個有著雙重人格的可愛少女，可說是對暮雨情有獨鍾，到了如痴如醉的地步。

暮雨確實在管理局女性局員的圈子中有著高度評價，但是會把這種脾氣暴躁、性格差勁、冷酷無情的魔鬼科長當作夢中情人，還毫不害臊的當眾示愛，從某方面來講，這個雪莉說不定比暮雨還要厲害一百萬倍，直到現在都沒被科長斬成兩半真是奇蹟。

——這種人到底哪裡好啊？

白火偷瞄了暮雨的側臉一下，得到的回報當然是魔鬼科長的狠毒瞪眼。

「看什麼？」

「沒、沒事，很抱歉。」

「暮雨先生，雪莉也在看你呀——為什麼都不理人家呢？」

坐在前排位置的路卡雖然沒有目睹這奇景，但雪莉的高音調充滿著整架直升機，加上他是武裝科的老成員，多半也習以為常了。

「白火是第一次看見沙漠嗎？」路卡把頭探出座椅，回頭看了一眼白火。

「嗯，之前都只有在電視上或書上看過，親眼見到果然很不一樣，感覺一進去就出不來了呢。」聽見他這麼問，白火暫時忘記現在可是作戰中，整個興致都來了，「在故鄉的時候，一天到晚都關在家裡不能出去，所以我的夢想就是到各地旅遊。這樣看來，雖然沙漠挺可怕的，但機會難得，還是想下去走走──」

「這可不是觀光，要我說幾次？」

上司的眼神中散發出兩道射線，瞪得她要胃穿孔。

「……很抱歉，暮雨科長。」

──這三分鐘內我到底道歉幾次了啊，這人是故意的吧？

白火只敢在心中抗議。

「討厭，真是的！暮雨先生怎麼都只和白火小姐說話呢？也注意一下雪莉嘛，就像人家無時無刻都注意著暮雨先生那樣啊，注意人家嘛注意人家嘛──❤」

前排的路卡也受不了了，這種嗲聲嗲氣的聲音聽久了耳朵實在會長繭，真虧暮雨能忍到現在。他無奈的轉過頭，「我說雪莉啊，妳就收斂點吧，免得等等被科長丟到直升機外面去……」

「哈啊——？你這沒路用又膽小的萬年處男，前陣子還在鑑識科那裡被筆仙什麼鬼的嚇到差點腦溢血，像你這種丟光武裝科面子的陰溝老鼠是想對老娘說教嗎！信不信老娘擰斷你脖子把你的頭當足球一路踢到72區沙漠正中央！」

路卡得到的回答是雪莉一百八十度大變臉的爆吼，她像是暴走族那樣把臉從下面揚上來，發出野獸般的咆哮低吼。

附帶一提，此刻的她還親暱的挽著暮雨的手臂。

路卡和白火面面相覷。

「……彼此加油吧。」

「嗯，妳也是。」

兩人互相安慰的嘆口氣。看來在武裝科裡，他們的確毫無地位與尊嚴可言。

「到了。」一暮雨看著窗外的景色，直升機已經降落在沙漠上，他甩開雪莉的手，環視眾人一眼，「下去之後就等於上了戰場，繃緊神經。」

「是！」

一行人跳下直升機。

這次投入最前線的只有他們四人，目的是先進入72區的沙族聚落勘察敵情，之後再聯絡後方的武裝科尋求支援。

操作直升機的後勤人員做出敬禮手勢，「那就這樣，請各位加油啦，我會在安全區域等你們的。」光學迷彩的時間有限，得趁被政府發現之前離開。

等待白火他們退開後，直升機迅速攀升而上，飛離沙漠地帶的高空。

武裝科首要的任務是前往沙族聚落，優先保護被政府攻擊的沙族居民，之後才是攻入世界政府駐紮在72區某處的軍營。

站在沙地上的白火放眼一看，眼前數百、數千個黃沙丘隨著風向而變化莫測，加上被高聳矗立的黃沙高原擋住視野，她不由得半張著嘴發出驚嘆，結果在呼吸的時候不小心吃進沙子，一連咳了好幾聲。

這時，耳朵上的通訊器傳來了訊息。

「各位小夥伴早安，我是最美麗的荻通訊官！武裝科的好夥伴們，沙漠地帶的空氣想必相當惡劣吧？嘴巴千萬不要張太大，吃進沙子可是會咳出一大口黃沙喲，說不定連肺也會變成鳥類的砂囊呢——怎麼樣怎麼樣，這個雙關笑話很有趣吧，欸嘿嘿嘿嘿！」

耳機傳來荻深樹高揚的聲音，在這種放眼過去一片黃澄的地域，更讓人煩躁。

原本想反駁的白火才剛張開嘴巴就又吃進了沙子，發出連聲咳嗽，荻深樹之後一定會笑她很蠢。

「廢話就免了，講重點。」

暮雨按住耳邊的通訊器，白火總感覺他凌厲的眼神也透過通訊器傳到荻深樹面前。

「是是是，暮雨小夥伴還是一樣冷淡呢，深樹好傷心——」玩笑話到此為止，荻深樹清清喉嚨，開始說明：「目前各位的所在位置是位於沙族聚落外圍，接下來請朝正北方走一公里，就可以發現可愛的沙族居民囉！已經確認世界政府還未發覺武裝科的行動，所以用不著擔心，放膽走過去吧。」

考慮到若把直升機直接停在沙族聚落上空，會引起居民恐慌，同時也有被政府軍發現的可能，直升機才會在一公里外降落。

「那麼，要是各位出了什麼意外就請聯絡我，荻通訊官熱線二十四小時為您而開著喲！掰——」

荻深樹最後一句「掰啦」的「啦」字都還沒說出口，暮雨就厭煩至極的嗶一聲關掉通訊。

他確認北方方位，「走了。」回頭示意眾人一眼，逕自向前走。

在沙漠中徒步走上一公里，深怕迷失方向的白火緊緊跟著隊伍，雖說身上有著確認方位的電子定位系統，她骨子裡還是個來自過去的時空迷子，害怕沙漠的千變萬化可是天性。

這一路上都沒有人說話，雪莉也只是安靜的黏在暮雨身邊，四周只能聽聞風聲呼嘯而過。

約莫距離沙族聚落剩下三百公尺左右，出現了突發狀況。

暮雨驀地停下腳步，往聳立在周圍的高原和石塊破片望去。見他停下腳步，白火他們也繃緊神經，梭巡四方。

白火用眼尾一掃，發覺板狀石塊後方閃過一道人影。

難道已經被政府的人發現了嗎？她立刻伸出有著烙印的左手，想不到正要喚出銀白火焰時，立刻被暮雨制止。

「統統不准使用烙印力量。路卡、雪莉，等等一有動靜就立刻退後。白火和我留下來。」他利用通訊器低聲說了句，聲音馬上被風聲帶走。

「知道了。」路卡和雪莉點點頭，緩緩退到隊伍後方。

白火雖然完全不懂情況，但還是照著暮雨的指示放下左手，屏住呼吸。

她感覺躲藏在遮蔽物後方的人影有了動靜，至少有十個人以上。

下一秒，黑影一湧而出，紛紛從石壁後方衝了出來，黑影們形成一個圈圍住他們四人，全部手持步槍，用槍口對準圓心。

同一瞬間，原本手無寸鐵的雪莉不知何時喚出烙印，她的烙印並非刀劍、槍炮類的武器，而是包覆著雙腿的黑色高筒靴。

「走了，路卡！」換上長靴的雪莉勾住路卡的腰，輕輕一跳，長靴下方立刻噴射出一股讓沙地凹陷的氣流，使她和路卡飛上高空。

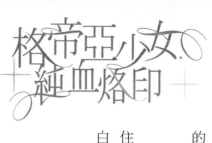

這衝上天的速度快得措手不及，包圍他們的黑影還沒開槍，雪莉和路卡就飛到天空的另一端，完全脫離槍炮的射擊範圍。

白火看傻了眼，這兩個人就這樣落跑了？

「為了活命連同伴也能捨棄是嗎……你們這些未來人果然沒有人性可言啊！」包圍住他們的帶頭男子冷哼一聲，不打算追趕自行逃脫的雪莉和路卡，把槍口移到剩下來的白火和暮雨身上，「把手舉高，要是敢抵抗，就當場把你們殺了！」

暮雨不改那張撲克臉，照指示乖乖舉高雙手。

未來人？是指公元三千年的原生居民嗎？白火雖然覺得莫名其妙，但為了保命，還是把手抬高。

眼前這些包圍他們的人並非政府軍，政府軍的軍服是藍色，這些人卻穿著凌亂無統一性的衣裝，手上的步槍也並非最新型武器。她雖然才剛來到公元三千年不久，卻也能看出那些步槍大多是已經被淘汰的老舊槍械。

「看你們軍服的款式和顏色……是伊格斯特的人吧！報上名來！」領頭的男子走上前，凶神惡煞的瞪了最前方的暮雨一眼。

「時空管理局武裝科科長暮雨，她是我的部下。」暮雨看了一眼白火，仍舊聽從指示，沒有放下高舉的雙手。

現在到底是怎麼回事啊？鼎鼎大名的魔鬼科長居然被一群混混挾持？白火有種想放聲尖叫的衝動。這些人到底是誰？是盜賊嗎？莫非她第一次出任務就得死在這些盜賊的手裡？

她偷瞄了暮雨一眼，他明明閉上眼睛也可以秒殺這些盜賊，為什麼不動手？

「有話等到了監牢裡再慢慢說吧。把這兩人帶走！」

包圍他們的盜賊拿出繩子，將他們五花大綁，然後聚攏隊伍，好讓兩人沒有縫隙可以逃走。

被繩子綁得密不通風的白火背後抵著槍口，她很清楚，只要稍微有其他動作就會當場被打穿一個洞，於是只好跟在暮雨身後，乖乖服從盜賊的命令前進。

她抬頭看了天空一眼，落跑的路卡和雪莉絲毫沒有回來的跡象……那兩個沒良心的傢伙。

倒是她這麼一看的動作，卻被盜賊認為是有詭計，被吼了聲：「看什麼看！」

白火只好欲哭無淚的低下頭，「看了又不會少塊肉……」她低頭盯著腳下的黃沙。

看天空不能，看地面總行了吧。

★※★◎★※★

兩人被帶到三百公尺外的沙族聚落中。

按照暮雨先前所說，當初來到公元三千年世界的沙族不到一千人，這十年間接連受到迫害，聚落並沒有隨著時間而擴大，反而維持一個小市鎮的規模。聚落的建築材料是當地取材，為防沙的石板建造而成，像是她在地理雜誌上看到的沙漠居民那樣，房屋砌成整齊的矩形，街道被劃分成整齊的格子狀，沙族居民就穿梭在其中。

由於世界政府入侵，原本安祥寧靜的小鎮現在盡是半毀的房屋，街道上充滿石塊殘骸，原本就不算清澄的空氣更是混上屋瓦的粉塵，平凡無奇的城鎮登時變得荒涼無生氣。大多數的居民都蒙著面罩，以免吸入大量的沙礫塵埃。

白火和暮雨被挾持進沙族聚落時，裡頭的居民並沒有驚動的神色，反而還和挾持他們的人群對話互動。

不可能整個沙族都是盜賊團，白火心想：這些把我們抓來的沙族應該也不是盜賊。聽剛才的對話就知道了，對方也明白她和暮雨是管理局的人，是來救援沙族的。既然如此，為什麼要把他們抓起來呢？

走了一段時間，他們被帶到城鎮最深處的小屋中，裡頭似乎是儲藏室、倉庫之類的地方。更往裡面走，白火才發現這裡還有牢房。

「進去！」沙族男子把他們丟進房內的小牢房裡，上鎖後就離開了。

這裡是沙漠地帶，牢房內並沒有潮濕積水，但對方關上門後，頓時光芒全無，黑得伸手不見五指。白火蜷縮在牢房的石牆上，絲毫不敢輕舉妄動，畢竟牢房窄得只要一伸直手臂就會撞到兩邊的牆壁。

腳步聲越來越遠，看來沙族男子把牢房和小屋門口上鎖後就不管事了。

現在說話應該不會被聽見，白火雖然什麼都看不見，卻也能感覺到暮雨就坐在她的身邊。

等到沙族男子離開後，暮雨二話不說就滑出藏在袖口裡的小刀，輕輕鬆鬆把繩子割斷。他甩了甩被綁得麻痺的手，也用刀把白火手上的繩子割開。

「謝謝。」一脫離繩子的束縛，白火轉了轉被綁得幾乎快破皮的手腕。

解開麻繩後，暮雨收起刀子，繼續倚靠在牆上，一句話也不說。

白火一被禁閉在牢房裡，心跳就連連加快，冷汗也沁了出來。她並不怕黑，也不怕待在密閉空間裡，但兩者加在一起就讓她幾乎快要窒息。所幸現在一片漆黑，暮雨應該沒有察覺她的異狀。

「暮雨科長，現在該怎麼辦才好？」

其實她想問的是「你到底在搞什麼鬼」，不過畢竟是上司屬下的絕對關係，這樣問一定沒有好下場。

囚禁住他們的牢房鐵門怎麼看都是破銅爛鐵，用不著暮雨出手，她自己也可以把那些鐵塊燒熔掉。但是暮雨絲毫沒有逃走的意思，反而神態自若的貼在牆上歇息。

「這樣正好直接被帶到沙族居住區裡，連和他們交涉都免了。」暮雨儘管被關進牢房，還是一貫的冷然口氣。

「可是他們也知道我們是武裝科的人吧？明明是來幫助他們的，為什麼還會被帶來這裡……」

「對這些沙族人來說，無論是武裝科還是世界政府都一樣，全都是公元三千年的未來人。」暮雨盯著牢門，看也不看白火一眼，「長期被周邊的種族侵害、管理局調停也只能帶來短暫的和平、世界政府又藉機找麻煩，妳覺得我們這些未來人有哪一點值得他們信任？」

白火這下懂了，難怪當他們被包圍時暮雨叫大家別出手，被子彈打成蜂窩先不提，如果傷了那些沙族人，武裝科就再也別想得到沙族居民的信任。

「科長早就知道會變成這樣，才叫路卡和雪莉先逃嗎？」

「當然不是，只是隱約覺得有危險，才叫那兩個包袱先離開。」

「包、包袱……」居然說自己的部下是包袱。

「要是那兩個傢伙被關進牢裡，用不著沙族動手，我會當場把那兩個礙事的先宰了。」

白火開始幻想如果路卡和雪莉也和他們一起被丟進牢裡的場景。

膽小又怕黑的路卡可能會放聲大哭，然後被暮雨的鐮刀斬成兩半，就算路卡躲過暮雨的攻擊，也會因為太吵而被沙族人拖出去打成蜂窩。之後武裝科就得參加殉職科員的喪禮。

雪莉在這種狹窄的牢房裡一定會做出更大膽逾矩的行為，說不定還會以空間狹小之名行性騷擾上司之實直接吃了暮雨，接著一樣會被差點貞操不保的暮雨剖成兩半。就算雪莉躲過暮雨的攻擊，無法攻陷魔鬼科長的她絕對會人格暴走把牢房炸了，然後也被沙族人拖出去斃掉。之後武裝科還是得參加殉職科員的喪禮。

白火想通了，她強忍下身體不適，說了句：「由衷感謝您，暮雨科長。」

暮雨一臉莫名其妙，他只是不想和路卡、雪莉處在同一個空間裡，實在不懂白火道謝的點在哪。

「科長，那我們要在這裡待到什麼時候？」

「不知道。別什麼都問我，妳的腦袋是用來裝飾的嗎？」暮雨沒好氣的回了一句。

平常被凶的白火都會在這時候說一聲「對不起」什麼的，只是她這次根本沒回話，連嘆口氣也沒有。

暮雨錯愕了幾秒，這傢伙怎麼不說話了？該不會這次真的被他傷到自尊，難過得說不出話來了吧？

暮雨有些惶恐的看了她一眼，儘管他常常被說沒血沒淚，起碼慚愧和恐懼這種基本情感還是有。

白火雖然一點也不具備女性該有的特質，但好歹也是個女孩子。安赫爾說過，女孩子的眼淚是世界上最可怕的武器，比核武還具有威脅性。

暮雨開始反省自己是不是說得太過火，要是在這種節骨眼把部下弄哭就麻煩了。

「……怎麼了？」他有些語塞的問著。幸虧牢房裡很暗，白火看不清楚他的表情。

「對不起。」白火總算道歉了，這次慢了好幾十秒，但是她道歉的原因可不是踩到魔鬼科長的地雷，「……真的很對不起，暮雨科長，很抱歉拖累您了。」

「啊？」

「其實我、我……我很怕這種又黑又窄的地方，怕得不得了，對不起。」白火顫抖的囁嚅，她偷偷吸了一下鼻子，但密閉空間連呼吸聲都一清二楚，何況她還帶著鼻音說話，「本來想說裝作沒事的，或是和科長說話轉移注意力，但果然還是沒辦法……真的很抱歉。」

「幽閉恐懼症？」

「我不知道……」

她深深吸口氣，只能靠說話來轉移恐懼。

「以前還在孤兒院的時候，常常被人反鎖在像這種又黑又窄的房間裡，之後就變得很害怕，只要一個人處在又黑又窄的地方就會……我當初也不知道會被帶來這裡，對不起……」

要是知道會被關在這種地方，她說什麼也不會參與這次作戰，她可不想因為自己成了拖油瓶而連累其他人，導致任務失敗。

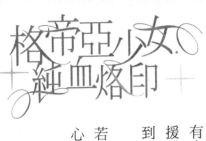

沒有影子的白火，小時候的她總是成為孤兒院其他孩子的箭靶，就算被欺負也不會有人來主持公道。孤兒院裡的大人總是睜隻眼、閉隻眼，沒有人想對失去影子的她伸出援手。有時候她還會被關到類似懺悔室的小房間裡，裡頭空無一物，連電燈開關也找不到，她得在這種一片闃黑的環境下縮在牆角等人開門，一等就是好幾個小時。

白火也是在被領養後發現自己的症狀，她不怕黑，獨自處在房間裡也沒有大礙，但若是來到漆黑又狹小的陌生環境裡就會呈現恐慌狀態。若是說出來，養父母一定會擔心，因此她沒把這問題透露給他人。

起初被關進牢房時，她還可以裝作若無其事，但忍耐畢竟有極限，待得越久，以前在孤兒院的那些回憶就接連翻攪而上。她無法克制頻頻發顫的身體，只好抱緊膝蓋，用力縮在牆角。

這時，她感覺有人用手環住她的肩膀，強硬的將她攬了過去。

白火訝異的吸了口氣，她眨眨眼，恐懼感登時散了幾分，「科長？」

「如果真的是幽閉恐懼症，就等被獨自關著再發作，妳當旁邊的我不是人嗎？」

暮雨攬過她的肩膀，把她靠到自己的肩膀上。暮雨的體溫向來偏低，然而相較現在白火發抖發冷的身體，他攙住她肩膀的手反倒多了幾分暖度。

兩人的距離一瞬間貼近，別說是呼息，白火還能清楚聽見暮雨胸口的規律心跳聲。她一時間也沒有感到尷尬，單單聽著那心鼓聲，緊張感似乎就真的漸漸獲得撫平。好溫暖，就像被施了魔法似的，發寒的四肢漸漸恢復知覺。

她稍微抬頭看了身邊的暮雨一眼，對方正別過臉，嫌麻煩的吁口氣，完全看不到是什麼表情。他的態度冷淡歸冷淡，還是沒有放開攬住她肩膀的手。

覺得這反應有些有趣，恐懼感頓時一掃而空，白火失聲笑了出來。

「笑什麼？」

「沒什麼，只是覺得有點意外。」她不改笑臉，乖巧的靠在暮雨的肩膀上，「科長很溫柔呢，謝謝您。」

「哼。」

不知怎的，光是這樣待在他身旁，白火就有股說不上來的安心感。

沒有邏輯性，毫無其他理由可循，就只是因為——因為他是暮雨。

因為他是那個令她感到熟悉、似曾相識的暮雨。

白火甚至偷偷祈望著：如果能這樣持續下去就好了。

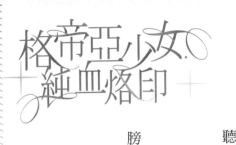

「哈囉——這裡是美麗的荻通訊官是也！暮雨小夥伴、白火小夥伴，聽到請回答、聽到請回答！」

果然事與願違，她才剛這麼想，無惡不作的荻深樹就把這美好氣氛一舉破壞掉。

白火沒什麼驚訝，反正幽閉恐懼症也舒緩了，她慢慢離開暮雨的肩膀。

倒是暮雨，他好像做什麼壞事被抓包似的，一聽見荻深樹的聲音就嚇得顫抖一下肩膀，反射性按住耳邊的小型通訊器：「……做什麼？」

「什麼做什麼？人家只是盡通訊官的責任和你們聯絡，暮雨小夥伴好凶喔——」

「……」暮雨罕見的短路幾秒，說不出話來。

「我聽路卡小夥伴說了，你們兩個被沙族抓走了是吧？還真是高招呢，這樣連溝通都不用就能直接被帶到居住區裡，想必現在是被關在又黑又窄的牢房裡對吧？好可憐，真是太可憐——啊！」

說到這，荻深樹領悟到相當不得了的事實。

「莫非你是正在做什麼見不得人的事，突然被我抓包了才凶我？」

「才不是，妳在說什麼蠢話？」

「嘖嘖嘖，暮雨小夥伴，平時看你一副對女人沒興趣的樣子，不管有多少女性局員倒貼上來也置之不理，想不到你還挺厲害的嘛？這就叫什麼呢……深藏不露？還是掂掂吃三碗公？」

「……荻通訊官，妳就這麼想死嗎？」

「荻通訊官，原來妳還會講閩南語啊？」聽到很熟悉的「掂掂吃三碗公」，白火眼睛為之一亮，許久沒聽到家鄉話的她有點感動。

「嘎，閩南語？那應該是妳翻譯器翻的啦，我才不知道閩南語是什麼東西。總之開場白就到此為止。」最沒資格說這句話的荻深樹咳了幾聲，「沙族居住區東北東方向兩公里外偵測到人影，應該是世界政府有了動靜，目前暫時還不清楚敵軍有何目的，自己小心點吧。」

「我知道了。」

「那就這樣，暮雨小夥伴和白火小夥伴，要親熱的話等活著回來再說吧！欸嘿嘿嘿嘿！掰──」

照慣例，荻深樹「掰啦」的「啦」子都沒還說出口，暮雨就刻不容緩切斷了通訊。

白火偷看了暮雨一眼，他從剛剛開始態度就有點奇怪，真不知道是出了什麼問題。莫非暮雨也有幽閉恐懼症之類的症狀，只是礙於面子問題不敢說？

暮雨掩住自己的臉，反覆深呼吸幾次。幸虧這裡黑得什麼也看不見，要是被人見到這副蠢樣他絕對會羞愧而死。

「科長？您沒事吧？」

「……沒事。」暮雨嘆了口氣，重整士氣，換回一如往常的冷淡態度。他開啟武裝科四人的公共通訊頻道，問：「路卡和雪莉在嗎？外頭怎麼樣？」

「是暮雨科長啊？太好了，我還以為您和白火已經被扔到鍋裡煮了呢！」通訊另一端的路卡吸了吸鼻子，雖然當初暮雨叫他逃他就一溜煙的逃了，但還是很擔心。

「外面狀況如何？」這傢伙是把沙族當食人族嗎？異邦人並不等於野人好嗎？

「荻通訊官剛才傳來了有關政府軍的訊息。軍隊好像要過來了，剛剛還在幾公里外看見疑似政府軍直升機的影子，因為有沙塵影響，視野不太清楚。」

暮雨思忖了幾秒，應該是用來探視沙族居民狀況，但是用偵察機又顯得大費周章。怎樣都好，反正是政府軍的東西，遲早都得轟掉。

「直升機嗎？」

「路卡，把那架直升機打下來。」

「啊？！」

「聽不懂嗎？把它打下來。」

「可、可是科長，現在的視野有點——」

「視野什麼的干我屁事，自己想辦法。」暮雨的口氣之差明顯是被荻深樹騷擾後的遷怒，他接著說：「雪莉，政府軍預計會從沙族居住區東北東方向攻過來，別讓軍隊進入居住區裡，剩下的自己想對策，撐到我趕過去為止。」

「知道了，人家絕對不會辜負暮雨先生的期望，要快點來找雪莉喲❤」

非常有暴君作風的結束通訊，暮雨站了起來，對白火說了句：「讓開。」

白火相當配合的退到最邊邊去。

下一瞬間，暮雨撫過手上的烙印，於眼前勾勒出一道銀白色細線。牢房裡有一剎那稍微被點亮，隨即恢復昏暗。短暫的微光中，白火瞥見他的手上多了把帶有半弧逆光的刀刃。

白火隨便猜也猜得出來，這個魔鬼科長要直接把牢門砍了。

「科長，就這樣把門弄壞，沙族居民不會更生氣嗎？」

「莫非妳想繼續待在牢裡，等沙族被政府滅光了再出去？」暮雨白了她一眼，理直氣壯的說了這句：「凡事要懂得隨機應變。」

這次他學乖，不敢再說什麼「妳腦袋是裝什麼」之類的話了。

「……是，很抱歉。」這上司還真是自由奔放。

「站遠點。」

牢房裡窄得要命，根本沒地方躲藏，白火只好死命黏在牆上，遠離暮雨揮刀的攻擊範圍。

沒想到正當暮雨要把牢房鐵欄杆一刀兩斷時，小屋的大門就被打了開來。外頭的刺眼日光隨著門縫擴大，一併射入屋內。

一位少女氣喘吁吁的闖入小屋，直奔到牢房前，將鑰匙插進牢門鎖頭裡解鎖，動作慌亂之際，手臂還在發抖。

正打算破壞牢門的暮雨頓了一下，他趁少女嚇著之前收起鐮刀。小屋內頓時只剩下門口射入的陽光。

「這裡很危險，請快逃走吧！」牢門打開後，少女砰一聲把門甩到最底，「聽鎮裡的大人說政府的人好像要攻進來了，請快點逃！」

白火有些呆愣，眼前這少女怎麼看都是沙族當地居民。

「妳、妳為什麼——」

「沒有時間了，請快點離開！」

「走了。」暮雨也不多問，用眼尾看了身後的白火一眼，逕自走出牢房外。這沙族少女來的正是時候，省得他親手劈斷牢門。

情勢危急，白火趕緊追上去，臨走前她回頭看了一眼少女，這時候也沒時間詢問放走他們的理由了，但是不說點什麼又有點過意不去。

「那個，妳叫什麼名字？」結果她選了最蠢的問題。

少女傻了一下，「……米優，我叫米優。」

「米優……謝謝妳放我們出去，我是白火。」白火點了點頭，這下她才安心的追上暮雨。

米優，她記住了少女褐髮、褐色瞳孔的外貌，以及她的名字。等到作戰結束後，一定得回到城鎮裡好好的向她道謝才行。

★※★◎★※★

「真是的，科長總是這麼刁難人……」

路卡獨自站在沙族城鎮東北東外的某個高原上，他自己當然沒辦法一口氣爬上這種高海拔地帶，是拜託雪莉把他帶上來的。

雪莉的烙印能力是可以高速行動，增幅瞬間爆發力、跳躍力和威力的黑色長靴。只要換上長靴，移動速度幾乎能與行駛中的車輛並列，前提是骨頭沒散架的話。

把路卡丟到高原之後，奉命阻止政府軍的雪莉相當有幹勁的前往城鎮東北東入口附近埋伏，打算等軍隊來了就一腳把所有人踢飛。

路卡則是被命令打下高空的政府直升機。他稍微用望遠鏡確認方位後，拂了一下左手手臂上的烙印。隔著軍服，烙印發出白色強光，塑形後的光芒在他手中化為一把狙擊步槍。

有別於平時那副不中用的模樣，他相當有架式的伏在高原上，握上被腳架撐住的狙擊槍槍柄和扳機，閉起一隻眼，透過狙擊鏡，鎖定正在高空中的直升機。

他的烙印武器是狙擊步槍，理所當然屬於後方支援才對，實在不懂這次為什麼會被叫到第一線來。肯定又是局長或荻通訊官出的餿主意。

時空黑洞相關法律條文有明文規定，世界政府與管理局之間的衝突應當極力避免死傷，因此雙方的衝突基本上均是以遏止為主，管理局多半就是看準這一點才把他丟來前線，反正死不了。

「視野果然很差……」路卡透過狙擊鏡，只能從茫茫黃沙中看見機影。

先別談那架直升機是不是充當偵察機，或是打算把炸藥丟到沙族居住區裡，反正只要是政府軍的東西，轟掉就對了。再說，他的狙擊步槍和艾米爾的武器相同，能夠透過意志力填充不同種類的子彈，打人打飛機或是當作魚雷轟炸船隻都行。

除了狙擊槍本身為烙印武器之外，電子望遠鏡與狙擊鏡等附屬品均為輔助用的人造物。路卡調整倍率，將十字線對準盤旋在高空中的直升機，待直升機旋翼和機身的接縫處與十字線中心點即將交疊重合的剎那，他閉氣凝神的扣下扳機。

「砰！」

子彈射了出去，穿破黃沙，準確的飛向直升機的旋翼下方。

下一秒，明明是太陽高照的72區東北東高空，居然出現了一顆燃燒的火紅流星。

「路卡，人家看到了，是流星耶！而且這流星形狀怎麼有點像直升機？」通訊器另一端的雪莉「哇塞」了一聲。路卡雖然又膽小又愛哭，射擊能力倒是挺準的，之前還在說什麼視野不好，根本是過度謙虛。

「我也看見了啦，看到了就快點許願。」

「希望能和暮雨先生結婚，希望能和暮雨先生結婚，希望能和暮雨先生結——啊，掉下去了！人家明明還沒講完三次願望，怎麼這樣！」

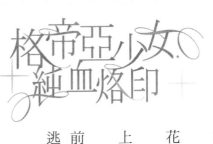

「妳這個願望大概一輩子也無法實現了。別難過，天涯何處無芳草，何必單戀一枝花，去找下一個男人吧。」

懶得和她閒聊的路卡呼出一口氣，只見墜落中的直升機裡似乎彈出了一個氣囊，機上的操縱員掛著降落傘飄了下來，看來還活著。

路卡接著拿出隨身攜帶的觀測器，一面尋找還有沒有其他敵機，順便看看政府軍目前的位置。得認真工作才行，要是出現漏網之魚，之後他就算向流星許一百次願望也難逃魔鬼科長的制裁。

「喔，來了、來了。」

他看見一群穿著政府軍藍色軍服的人影，以軍用坦克為首，朝沙族東北東入口進攻。這些軍隊還真是和他家科長一樣沒血沒淚，居然派出坦克來鎮壓居民。

「雪莉，城鎮裡的沙族居民怎麼樣？」

「居民們好像一直在城鎮四周巡邏，當初逮住暮雨先生和白火小姐的就是其中一支巡邏隊。他們也發現政府軍攻進來了，城鎮裡現在亂成一片。」雪莉躲在東北東出口附近，她看見成年男性居民紛紛持槍在入口處埋伏，「看這樣子，沙族居民打算和政府硬拚喔，留在鎮裡的只有女人和小孩。」

「那不是很危險嗎！科長他們什麼時候才要出來？」

「不知道，但是沒關係，不管多久人家都願意等——❤」

千百朵粉紅色花朵透過通訊器灌入路卡的耳朵，戀愛中的女人果然可怕。

他繼續透過觀測器觀察戰況，政府軍和沙族正面衝突並不是件好事，那些沙族的武器可都是好幾年前的淘汰品，和政府軍的武器比起來根本是玩具槍。

此時，政府軍更加逼近沙族城鎮。

還是先下手為強吧，反正都已經轟掉一架直升機了。路卡透過瞄準鏡對準軍隊的坦

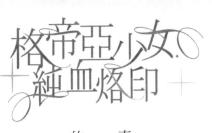

克，等待坦克後方的散熱板坦露出來，接著又扣下扳機。

下一瞬間，坦克車淪為和直升機相同的命運，又是砰一聲爆炸翻覆，波及到一旁的政府軍人。

他瞄了一眼地上，轟掉了一臺還有一臺，原來有兩臺坦克。

「暮雨科長，您抵達東北東入口了嗎？軍隊中發現了坦克，總共有兩臺。」

「看見了。現在已經和雪莉會合，埋伏在東北東遮蔽物後方。」已經與雪莉碰頭，隨時都能從政府軍後方展開奇襲，暮雨想也沒想的說：「把它轟了。」

「就知道您會這麼說，已經炸掉一臺啦！」

「沒事留一臺做什麼？要炸就全部炸掉，別拖拖拉拉的。」

喀一聲，暮雨切斷了通訊。

「老是這麼我行我素！我至少都打掉一臺了耶！」一路卡抱怨了一句，他都盡責的把直升機和坦克轟了，居然連句稱讚也沒說。

……不對，還是別說的好，要是暮雨科長哪天對他說了「謝謝」或「幹的好」之類的話，他聽到的當下絕對會舉槍自盡。那實在太噁心了。

既然暮雨和白火已經到達定點，就是反攻之時了吧？那他認真的當個後方支援吧。

路卡挪了挪趴在地上的身體，重新貼到瞄準鏡上。

透過瞄準鏡，可以看見坦克車突然爆炸的政府軍陷入一片恐慌。他乘勝追擊又是一發子彈，打掉第二臺坦克的散熱板，現場馬上炸出第二團灰黑色煙霧。

同一時間，有三位黑色軍服的人影從後方展開突擊，趁著政府軍措手不及時闖入煙幕中，濃濃黑霧裡，依稀能瞥見白色火焰和鐮刀傳來的寒氣。

兩臺坦克都處理掉了，不知道接下來還有什麼可以打的？路卡把視線轉向天空。

幾分鐘過後，又有一顆直升機流星從天而降。

★※★◎★※★

白火隨著暮雨衝向城鎮的東北東入口，與雪莉會合。

一路上只有看見沙族的女人和小孩，看來沙族也開始反抗了。所幸他們及時趕到，軍隊尚未和沙族居民正面衝突。

三人以高原和巨大石塊為遮掩，繞路往軍隊側邊而行，從後方突襲。軍隊的規模約五十人，以及兩臺坦克，看來這次進軍只是給沙族的登門禮，警告沙族居民最好別輕舉妄動。

沙族居民也紛紛衝出來應戰，白火他們得趁軍隊迎上居民之前率先進攻，將傷害減到最小。

照一開始被沙族人丟到牢裡的那種反感態度，作戰途中如果和沙族居民碰個正著，對方非但不會感謝武裝科援助，說不定還會反咬一口。到時候狀況就會變成最糟的三方大混戰。

於是三人分頭行動，躲在位於軍隊後方處、左右兩邊的遮蔽物後面。

「暮雨科長，到達定點了。」白火躲在其中一塊巨大石板後方。

「人家這裡也沒問題了喲❤」

「知道了，接下來按照指示行動。」

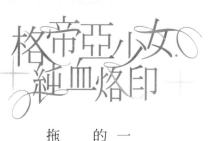

倏忽，一陣爆炸聲傳到耳裡，強風捲起沙塵，四周煙霧瀰漫。白火從石頭後方偷偷一看，政府軍隊裡其中一臺坦克居然莫名其妙自爆解體了。此時的她還不知道這是路卡的傑作。

暮雨打開通訊，不太友善的對路卡說：「沒事留一臺做什麼？要炸就全部炸掉，別拖拖拉拉的。」

幾秒後，又是第二發轟炸聲，另一臺坦克也竄出了黑煙。

「就是現在，衝進去。」暮雨一點閒暇也不給，在此命令開始突襲。速度最快的雪莉首當其衝飆進煙霧中，在政府軍陷入混亂的大好機會下，她優先就是一抬腳，直接用鞋跟下的利刃把軍人手上的槍械解體。沒有武器的軍人就和普通人類無異，不用一會兒就能讓政府軍戰意全無。

在聽見有些政府軍人被雪莉踢飛傳出哀號聲時，白火一個翻身，降落在被煙幕包圍的軍隊中，將有著雪色火焰的手貼上地面，火焰以她的立足地為起點，彷彿蟒蛇般朝兩方竄了出去，快速包裹住整個軍隊，並吸入坦克爆炸時產生的火勢。

數秒內，原本乾燥的細沙地一下子溫度飆升，現場出現規模巨大、包覆住政府軍的白色火焰高牆。

暮雨利用鐮刀轉動的氣流捲起坦克爆炸所產生的煙幕，灰煙隨著刀刃轉動造成的強風漸漸消散，他手一揮，阻礙視線的煙霧像是固體般被鐮刀一斬而斷，並被狂風捲走。

四周已陷入一片火海，不只是政府軍，他們三人也被圈在那白色火圈中。白火擁有控制火焰的力量，大火沒有蔓延焚燒。

地面上盡是變成廢鐵的武裝槍械，穿著長靴的雪莉悠然的浮在半空中，面對政府軍的愕然，她淘氣的眨了個眼，「怎麼樣，默契十足對吧？」

還沒結束，暮雨眼神一掃，看見某位軍人的胸章，他馬上手一揮，將鐮刀刀尖抵在軍隊隊長的咽喉前。即便是身處熊熊烈火中，他身上傳出的冰冷氣息不但沒有減弱，反而威力增強，使氣溫下降了好幾度。

視界一瞬間變得清晰，政府軍這才發現自己深陷在銀白色火圈中，手上的武器全斷成了兩截。

「你、你們是伊格斯特——」看見暮雨身上的軍服，被鐮刀抵住頸子的部隊長悶哼了聲。

「正確名稱是時空管理局第二星都分局武裝科。」

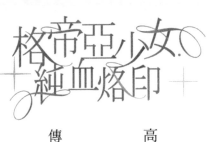

這時，火牆外圍的沙族居民也趕到現場，原本要直接和政府軍硬拚的沙族人一看見高築在眼前的白色火牆，紛紛停下腳步，全都怔忡在原地。

「可以收手了。」暮雨看了她一眼。

白火點點頭，收起烙印力量。

一剎那，兩公尺高的銀白色火牆一消而散，速度快得讓政府軍完全無法反應。原本傳出騰騰蒸氣的空間登時恢復常溫，本來只能看見一圈火焰高牆的景色，現在再次能眺望到遠方的黃沙地與高原。

軍隊隊長被武器抵住喉嚨的緣故，軍隊裡沒人敢輕舉妄動——不，應該說想反擊也無法，武器全被雪莉砍成了廢鐵塊。

目睹銀白色火牆消散的瞬間，沙族居民各個說不出話來，啞口無言的盯著站在最前方的暮雨——

時空管理局武裝科的黑色軍服，降臨於72區沙漠地帶的黑色旋風。

為了異邦迷子挺身而戰的黑色曙光。

「聽好了，武裝科絕對會把72區搶回來。」

暮雨正對著所有沙族居民揚聲一喊。他的聲音低沉而有力，即使狂風不斷，每一字每一句仍扎實的傳入眾人耳裡。

「世界政府也好，沙族也罷，礙事的傢伙我們一個也不會放過。」

自此，72區救援作戰正式揭開序幕。

05. 與紅髮貓眼合作？

這裡是反伊格斯特武裝組織（Anti-Egoist Force）——通稱ＡＥＦ——的本部。

雖說是反抗組織，然而在沒有任務時，就能一睹組織成員待在本部裡消磨時間的稀奇場面。

諾瓦爾拿下總是戴在頭上的黑色禮帽，百般無聊的翻閱報紙，比起液晶螢幕的電子新聞，他還是喜歡實體紙張的觸感；一身傳統長袍打扮的陸昂躺在他對面的沙發上，拿著逗貓棒在野貓面前擺晃，完全沉浸在自己的世界裡。

諾瓦爾看著這樣的陸昂，煩躁的撥開自己額間的酒紅色捲髮。

講過幾次別帶貓進來了，這個辮子男就是死都不聽，每次都一邊說著「人家都用那水汪汪的眼睛看著我了，我只好把牠們帶回來了嘛」，一邊把外頭的流浪貓帶回來養，整個組織本部儼然成了流浪貓收容所。而且這傢伙只注意貓，狗或其他動物一概不屑搭理，相當嚴重的差別待遇。

所幸被他帶回來的貓咪不久後就會厭倦居家生活，自己跳回街上，否則諾瓦爾實在不敢想像本部變成貓咪樂園的樣子。

「榭絲卡，從剛才就一直看著窗外，怎麼了嗎？」

諾瓦爾放下報紙，瞧了一眼從剛才就站在窗前不動的女性，疑惑一問。

目前首領和其他成員不在，待在休息室裡消磨時間的只有三人：諾瓦爾，陸昂，以及榭絲卡。

名為榭絲卡的女性被這麼一喚，先是呆滯了一下，才轉回身說：「只是在想事情，沒什麼。」

榭絲卡有著一頭直到腰際的深紫色柔順長髮，直髮拂過她瘦窄的肩膀滑順到纖細腰部；髮絲下的香檳色眼瞳宿有一股魔力，凡是與她對上眼的人，無論男女，都會被她那彷彿能蠱惑人心的雙眼攫住好一陣子。

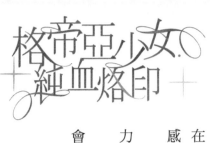

玲瓏有緻的身材配上休息日換上的深黑色連身裙，裙襬開岔一路開到大腿上，並且在胸口開了個低領，只是稍微揚勾起塗上深紅色唇膏的美麗唇形，就能散發出危險的性感氣息。

然而，今日的榭絲卡與平日不同，臉蛋上了一層陰霾，有著濃密睫毛的雙眼有氣無力的垂下。她始終盯著窗外，發出嬌柔的長長嘆息。

諾瓦爾看她那副模樣更覺得不對勁了，這個平時以誘惑男人為興趣的蛇蠍魔女居然會露出這種鬱鬱寡歡的表情，不是天要下紅雨就是他在做夢。

「看妳那表情，不像是沒什麼吧？」他又問了一次。

「喔，諾瓦爾終於要開始搭訕了嗎？很厲害嘛，原來你喜歡這種的啊！」一旁深陷在貓堆中的陸昂嘻嘻笑了幾聲，他寵溺的抱起其中一隻灰色短毛貓，在沙發上滾了半圈，然後坐起來。

「說什麼蠢話，我已經心有所屬了。」

「嘿——是哪位姑娘中了大獎？」

「怎麼可能會告訴你，去去去，到旁邊和貓玩啦，別來煩我。」

「什麼嘛——」自討沒趣的陸昂甩了甩黑色長辮，躺回沙發上，再度回到自己的貓咪天堂裡。他還以為有什麼八卦可以挖，看來今天一整天只能和貓咪玩耍消磨過去了。

「……其實是這樣的，諾瓦爾。」沉默了一段時間，榭絲卡閉眼吸了口氣，還是決定說出來。

「怎麼了？」

「從伊格斯特那裡得來的情報……武裝科現在好像在72區和世界政府展開衝突的樣子，這讓我很在意。」

「72區？那不是榭絲卡的故鄉嗎？」

「嗯，你也知道我們沙族這十年間是怎麼被對待的吧？」她神情黯淡的垂下眼睫，吐露出心聲：「莫名其妙被時空裂縫吸來這裡，被迫在這種異地另闢家園，並且十年間持續受到周圍其他種族的侵犯。直到現在，世界政府還將沙族認為是蓄意反抗的異邦人，前往72區進行鎮壓……我實在不明白，我們不也是人嗎？」

沙族雖為時空迷子，但其生理構造和正常人類相差無幾，並不像其他異邦人那樣擁有特殊能力，卻只是因為來自異邦就受到迫害。

「不是有伊格斯特去幫忙了嗎？聽說科長大人親自上陣了呢，白火姑娘也在。」陸昂輕撫著貓的皮毛。

他們是反時空管理局組織，自然有臥底在管理局的眼線，對於這次的作戰情報也一清二楚。

「……我沒有辦法信任現在的伊格斯特，這十年以來，他們也只是做做樣子調停罷了，72區周圍的種族衝突可是一次也沒少過。」

「唔，確實是如此。因為我們是ＡＥＦ，是超級不順眼伊格斯特的反抗組織嘛。」

「怎麼這樣說呢？我倒覺得現在的管理局越來越厲害囉！」諾瓦爾頗有言外之意的笑了笑，酒紅色的微捲髮隨著他擺動滑出一道弧度。

「嘿，那是因為有白火姑娘在你才護航的吧？你這個把清純少女帶來未來世界的誘拐犯。」陸昂抓起一隻貓手指著諾瓦爾。

「真是難聽，我可是在為世界著想呢。」

「誘拐女孩子就是為世界著想？諾瓦爾，你最近真的越來越有趣了耶，哈哈哈！」

陸昂瞇起鳳眼笑了好幾聲，開啟時空裂縫把人抓來就能改變世界，這成本未免太低了。

「白火的事情就別提了。榭絲卡，妳要是擔心的話，自己去看看不就行了？反正這幾天組織裡也沒有事情。」

「……像我這種突然離開沙族來到ＡＥＦ的人，哪有什麼臉回去呢。」榭絲卡一想到這十年間就算管理局不斷介入調停，沙族居民的生活也沒有因此改善，不禁苦笑了一陣，「而且，我說不定還會意氣用事和伊格斯特的人起衝突。」

諾瓦爾托住下顎想了幾秒，「那不然——就我去吧？」

「諾瓦爾？」

「反正閒著也是閒著。別看我這樣，我也是種族平等主義者哦！既然榭絲卡沒辦法去，那就讓我代替妳去拯救那些沙族同伴吧？」

他瞇起琥珀色眼瞳，和善的笑露出一口白牙。

「同是時空迷子，豈有不互助的道理在。」

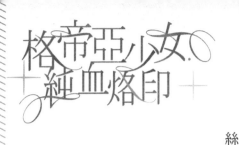

「哇塞，護花使者諾瓦爾，真是厲害呢！」一旁的陸昂口氣酸溜溜的拍手鼓掌，這個反伊格斯特組織成員果然很有趣。

「安靜點，不是叫你去和貓玩了嗎？小心我把撲克牌全塞進你嘴裡。」

「啊——好可怕好可怕。」

榭絲卡猶豫了一會兒，才稍微收起沉鬱，微微一笑，「……謝謝你，諾瓦爾。」

「用不著謝，我也是別有居心。」

AEF，反伊格斯特武裝組織，成員們大多為曾被時空管理局遺棄的時空迷子。榭絲卡、陸昂、還有諾瓦爾，大家全都有著無法回歸故鄉的相同命運。

「因為總覺得只要去了那裡，就能見到白火呢。」

諾瓦爾彎起脣角，露出充滿神秘感的笑容。

——似乎又來到未來的分歧點了呢。

記憶中的兩道身影，與青金色光芒一併投射到他的心中。

——這次，也得好好走對道路，通往正確的未來才行哦？

★※★◎★※★

十年前，也就是2990C.E.，第二星都外圍出現大型時空裂縫。成功救援的時空迷子總計數百人，均為來自同個異邦的異邦者。由於原生地環境與溫帶沙漠相似，因此這些無法回歸原本世界的時空迷子被稱為「沙族」，並遵從世界政府的指示，被規劃到第二星都邊境72區沙漠地區，重建第二個家園。

雖說是考量沙族的生存環境而將他們安置在72區，不過72區沙漠地帶的環境和沙族原生地相比，可說是天差地遠。貧瘠的沙漠地帶自然無法耕種，於是沙族便將心力轉向游牧業，卻遭到世界政府的限制出境、以及周邊其他種族的欺壓。即便十年間管理局持續進行調停工作，仍無法逆轉沙族備受迫害的事實。

不只如此，這十年間，還頻頻出現沙族居民離奇失蹤的事件。

環境惡劣、世界政府的漠視、其他種族的欺壓、管理局的調停無力……種種因素下讓沙族日漸不滿，沙族一方面向世界政府提出抗議，另一方面也自力處理與周邊區域種族發生的種族衝突。

然而，如此自救行為卻被世界政府惡意扭曲為蓄意謀反，導致本次72區陷入被世界政府強制鎮壓的局面。

未來世界裡也有不少貓奴
來，別客氣，這裡有得吃、有得玩～
你們把我這裡當流浪動物中途之家嗎?!
哎呀～人家超超超喜歡貓～喵～

「對世界政府的人而言，我們這些異邦人可有可無，收留了也只是浪費土地資源，當初劃分居住區給我們也只是為了迎合大眾言論……其實政府只是利用周邊其他種族造成衝突，等到我們忍無可忍時再以鎮壓的名義攻進來，重新掌控72區。」

剛才主動打開牢門讓白火和暮雨脫逃的少女米優，主動道出72區的當前情勢。

「只要用這個方法，不用受到撻伐就可以回收原本交給沙族的72區，政府就是這麼打算的。」米優握緊拳頭，每句話每個字她都費盡全力才能說出口，「剛才攻進來的政府軍只是見面禮，據我們所知，世界政府早就在72區某處駐軍，隨時都能把沙族的城鎮夷為平地。」

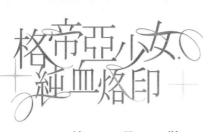

「當初為什麼要把我們抓起來呢？既然管理局有持續調停，你們一定知道我們是武裝科的人吧？」白火問。

「雖然掛著管理局的名字，你們畢竟和政府的人一樣都是未來人，一定會包庇同族吧……事到如今，已經什麼也無法相信了。」

米優面色凝重的看了白火一眼，她沉默了良久，垂下頭繼續說：「但是……你們並沒有和世界政府一樣攻擊我們，所以我才會放你們出去，非常感謝。」

距離剛才武裝科宣布正式介入72區、並成功抵擋世界政府第一波攻擊後，時間已經來到夜晚。

投降的政府軍並沒有被殺害，而是全被帶往沙族城鎮中的牢裡。

親眼目睹武裝科的力量，原先充滿敵意的沙族居民總算放下成見，帶領武裝科成員回到城鎮歇息。

米優原本以為白火會為了保住小命而脫離戰場，殊不知才剛把牢裡的兩人放了，先前與政府軍的對峙立場就整個反了過來，武裝科光靠四個人便完全掌控局勢。

米優之前也聽聞來占領的政府軍說過——時空管理局的武裝科成員人數稀少，但各個都是能力強到詭異的怪物，一旦槓上了便相當棘手。看來這句話並沒有誇大，畢竟世界上為數稀少的烙印者都聚集在此。

目前白火一行人正在當地類似餐廳的場所，一邊接受沙族居民的致歉與懇求，一邊用餐。作戰還沒結束，吃進嘴裡的食物當然也食之無味。

另一方面，解除沙族居民的戒心後，其餘的武裝科科員也趕到72區，隨時準備與政府軍的第二次接觸。

「這態度可真是一百八十度大轉變啊。」路卡頗有微詞的嘆了口氣。他很清楚沙族的排外態度是世界政府所致，但之前還沒來到城鎮就被槍口抵著，怎麼想都不是滋味。

「路卡，為什麼政府要竭盡所能搶回72區呢？不都是自治區了嗎？」白火不敢問其他人，只好偷偷問武裝科中性情最溫順的路卡。

「時空迷子對我們來說可說是完全不同的種族不是嗎？讓他們留下來絕對會出現紛爭和衝突，只是又不知道要把他們丟去哪，所以才會設立自治區。但是居住環境畢竟有限嘛，與其把土地讓給這些不被接納的異邦人，惹出一大堆禍端，不如留給自己用。這就是政府的心態。」

路卡看在白火也是剛來到這裡的迷子，細心的解釋。

「但是直接把這些異邦人滅了的話，吃相太難看，所以就想盡辦法把自己的行為正當化，這次進軍72區就是這個原因。除掉異邦人可以減少不必要的人口，又能搶回原本送出去的土地。」

白火安靜了一會兒，總覺得有點殘酷，「……沙族這十年間不是還有居民失蹤的事件嗎？那個也和政府有關？」

「這我就不知道了。現在最緊急的就是把世界政府駐紮在這附近的軍營打垮，然後強逼他們簽下再也不干涉沙族的協議書才行。」

「但是這並沒有辦法完全解決問題吧？」

「現在也只有這個方法了。」路卡想了想，又說：「而且照剛剛的反擊，政府軍應該已經發現武裝科介入了吧，接下來就是抓緊時間，得率先把軍隊攻下來才行。」他剛剛轟掉了兩架直升機和兩臺坦克，那爆炸火花實在是有夠搶眼，現在又把一堆軍人擄到沙族城鎮裡，對方絕對已經展開第二波行動了。

白火點點頭，不再說話。現在只知道政府有在邊境設立類似軍事基地的建築，直接闖進去的話實在太過魯莽，接下來也只能從抓來的政府軍口中套出情報了。

「──真的很抱歉！」

這時，突然一個人撞開人群，衝到他們面前當眾跪了下來。

白火站起來一看，看對方那頭棕色短髮就察覺，是一開始率領沙族人把他們抓進牢裡的巡邏隊領袖。她呆滯了幾秒，怎麼突然就推開人群跑出來道歉了？

「那個，我們當初認為管理局一定和世界政府有勾搭，想不到你們真的是來幫助我們的……先前還那樣對待你們，真的很對不起！」

棕髮男子不管他人視線，額頭低得隨時都會貼到地面上。

「我知道只是道歉是沒用的，畢竟我們做了這麼無禮的事情……要我做什麼我都願意！只要、只要你們能夠救救其他族人的話——」

「難看死了，把他拉起來。」暮雨望了其他圍觀的沙族居民一眼，示意快阻止這莫名其妙就跑出來道歉的男人。

被他這一命令，沙族居民很識相的抓住下跪男子的胳臂，硬是把他脫離地面。

暮雨掃了對方一眼，這下他也想起來了，是最一開始把他們關進牢裡的傢伙。

男子一改先前的凶神惡煞，隨時打算再來第二跪，「我聽其他人說了，您就是武裝科的科長吧？拜託了，請一定要救救我們，我們沙族只不過是想要活下去而已，但是政府那些人卻——」

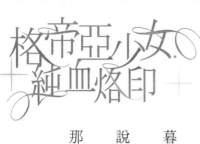

「我改變心意了，把這吵死人的東西帶走。換一個會整理重點的過來。」聽到這，暮雨厭煩的揮揮手，放棄和對方溝通了。

武裝科科長氣勢如虹，當初挾持他們的沙族男子馬上被帶離他的視線。接著，代替說明的人走了過來，正是一開始的那位少女米優。

看到算是熟人的面孔，暮雨的臉色總算好了點，這女孩還算冷靜，應該不會像剛剛那傢伙不分青紅皂白就吐出一堆廢話。

「各位好，武裝科的成員們。」米優敬了個禮，最初就是她代表發言的，也用不著做自我介紹，「他們之所以這麼激動是有原因的，請大家見諒。」

「發生什麼事了嗎？」白火問。

「想必大家也知道，這十年間居民失蹤事件頻傳。我們認為這說不定也是世界政府所為……」

「真是的，連這種事都幹得出來，世界政府的人真的好壞心眼喲——對吧，暮雨先生？」雪莉聽了後驚呼一聲。

暮雨當然沒搭理她。

路卡先前有說過，邊境居民、何況又是異邦人，自然不會受到社會大眾關注，這也成為助長世界政府氣燄的一個原因。白火有些不敢置信居然連人質都出現了，還真是明目張膽。

「只是如果要搶回72區，直接鎮壓沙族就好了吧？沒事還抓人做什麼？」路卡歪頭一問，反正政府捏造的理由夠充足了，實在不懂為何要如此大費周章。而且還是每次抓一點人，刻意塑造成原因不明的失蹤事件。

「科長，接下來該怎麼辦呢？」

暮雨看了身邊的路卡和雪莉一眼，「等等從抓來的軍人口中逼出軍營的內部構造，問出來之後繼續關著，任務結束後再放他們出來。」

「我知道了。」

白火原本以為魔鬼科長會直接把那些抓來的士兵全沉到流沙裡，原來他還是有點慈悲心。說來也是，那些軍人也是聽命行事，並非全部的人都想置72區於死地。

這時，白火發現米優正欲言又止的看著自己，連忙換上笑容。

「沒問題的，交給我們吧，一定會把72區搶回來的。」她頓了頓，決定不把話說太死，「至於那些失蹤的居民，只要到了政府軍的基地，一定能調查出去向的。」

但是，為什麼要把異邦人抓走呢？她實在不懂。

「──挺有趣的，也算我一份怎麼樣啊？」

剎那，再熟悉不過的聲音閃入耳際，白火下意識縮起肩膀。聲音是從門口傳來的，這種語尾上揚的音調，隨便猜都能猜出是誰的聲音。

暮雨當下站了起來，眼睛瞇成一條細縫，立刻拿出武器對準包圍住他們的沙族居民人牆。

整個屋子裡，驀地出現一位不屬於武裝科，也非沙族的邪魅青年。

「哎呀哎呀，異鄉的月亮格外動人呢。」

無人知曉他是利用什麼手段混入沙族居民中並走進城鎮的，青年在眾目睽睽下悠然踏入室內。與那抹笑容相反，他身上散發出來的莫名壓迫感使得堵在門口的沙族居民不自覺的往兩旁退去。青年就這麼輕而易舉的來到白火面前。

人牆退散後，青年首當其衝對上的，自然是暮雨的鐮刀尖端。

「真是熱烈歡迎呢，差點就要被砍成兩半了。」刀尖距離他的臉龐僅僅兩公分，他絲毫沒半點畏懼，還頗感興趣的彎起嘴脣。

黑色禮帽，深紅色帶點捲曲的頭髮，如貓一般的琥珀色雙眼。

「晚安，真是個美麗的夜晚，白火。」

「你是……諾瓦爾？」白火瞪大眼，「為什麼你會在這裡？」

「在解釋之前，先把這東西放下如何啊？暮雨。」

諾瓦爾指指隨時都能削掉他腦袋的鐮刀刀刃。看暮雨那沒得商量的冷酷神情，他無奈的聳聳肩，「放心吧，這次出現和ＡＥＦ無關，今天的我只是個碰巧路過72區的普通老百姓喲。」

「你這死老百姓來這裡做什麼？」暮雨丟出白火之前說過的狠話，顯然沒有相信對方這鬼話連篇。

「路卡，那個人是？」在一旁看著的雪莉扯扯路卡的衣角。

「好像是上次闖到局裡的恐怖分子，同時也是之前傷了科長的凶手……」

「什麼——你說這傢伙傷了人家最重要的暮雨先生？！」

雪莉聽到真相後立刻大暴走，刷一聲召喚出烙印武器，烙印的白色光芒包覆她的雙腿。換上黑色長靴後，她二話不說蹬腳跳到直達天花板的高度，左腳抬高九十度直接劈向諾瓦爾的頭部。

「不可原諒不可原諒不可原諒！就是你這死捲毛貓眼把老娘心愛的暮雨先生給……老娘絕對絕對絕對不會原諒你這個把影獸丟到管理局撒野的混帳東西！立刻給我滾到地獄投胎去吧！」

諾瓦爾泰然自若的昂起視線來，正好對上雪莉逼近眼前的鋒利鞋跟。

他用手抹過自己的頸子，白火登時看見他的脖子處發出柔和的白色光暈，諾瓦爾的手指牽動那抹光輝，指尖前端的光芒隨即變成數條白得晶亮的細線。

烙印所變成的操偶線飛向急速落下的雪莉，連帶她伸長的左腳一起緊緊包覆住。諾瓦爾手一拉，被銀線捆緊的雪莉整個人被往下扯，摔到地面上。

「嗚啊！」背部撞上地面，雪莉發出吃痛的悶哼聲，「該死的——你這反抗組織的走狗——」

「抱歉抱歉，我這麼做也是為了保命嘛。」諾瓦爾略帶歉意的笑了幾聲，收起烙印力量。當他頸子上的白光消失時，把雪莉五花大綁的銀色操偶線也淡化而散。

雖然是雪莉自己先衝上前的，但畢竟還是自己的同伴，無法忍氣吞聲的路卡馬上也按住手臂的烙印打算反擊，「你這傢伙果然——」

「路卡，住手！」白火即刻按住他的手，走上前方。

「白火？」

她戒忌的吸了口氣，「……真的可以相信你嗎，諾瓦爾？」

「當然。妳和暮雨，我絕對不會對你們兩人說謊。還是說要像上次那樣，再把我僅次於生命的東西託付給妳呢？」

暮雨的鐮刀還抵在他的脖子上，但是諾瓦爾毫不畏懼的閃過刀尖，湊到白火耳邊低喃：「妳果然沒有辜負我的期待——恭喜成為武裝科的一員。」

「……！」

語畢，在暮雨忍不住衝動把他斬成兩半前，他識相的退了開來，「我投降我投降，這樣行了吧？」他高舉雙手，冉冉的走回原地。

諾瓦爾原本還想好心的伸手拉雪莉一把，不過做這種事的話絕對會被打掉手，只好看著雪莉自己從地上站起來。

見諾瓦爾這副樣子，暫時是不打算要花招了，何況現在也沒有大打出手的閒暇，暮雨手一揮，收起武器。

「真是謝謝你，暮雨，還是和以前一樣溫柔呢。」諾瓦爾按下帽簷當作是道謝，對著幾人說：「那就心平氣和的談和吧，武裝科的各位？」

白火和暮雨不約而同眉頭一皺，以前？

「我來到這裡是為了從政府手中保護沙族，目的和你們完全相同吧？既然如此，不如就聯手為了沙族而戰怎樣？」

「……怎麼會多管閒事起來？」

「我們雖然是反伊格斯特組織，但理念是為了達到真正的種族平等，所以沒辦法放下72區不管，僅僅如此而已。」

說到這，諾瓦爾瞧了一眼身邊的沙族少女，「妳就是那個叫做米優的女孩吧？榭絲卡她現在過得很好喔。」

「榭絲卡……」米優聽到這句話，先是傻住了幾秒才回過神，她難掩情緒的抓住諾瓦爾的手大喊：「你是說榭絲卡姐姐嗎？姐姐她平安無事？」

「嗯，就是妳姐姐叫我過來幫你們的呢。雖然現在還無法見面，但是別擔心，榭絲卡說過總有一天會回來找妳的。」

「姐姐她，原來還活著……」

榭絲卡也是這十年間離奇失蹤的居民之一，原來她還活著？那她是被帶到哪去了？白火聽到這段對話，發覺事情有蹊蹺，「諾瓦爾，你——」

「ＡＥＦ成員當中也有沙族居民，這也是我來到這裡的原因之一。」這下，他乾脆把榭絲卡的事情也說了出來。

只見武裝科的人仍是一片警戒，看來就算打出親情牌也沒用，諾瓦爾只好繼續利誘說道：「真是的，還是不願意相信我嗎？那不然這樣好了，我這裡還有政府軍設立在附近的軍事基地內部地圖，裡頭有多少岔路、房間出入口等等都一清二楚，怎麼樣？」

他從西裝內袋裡抽出地圖來，其實原本可以直接放在電腦螢幕上讓武裝科一睹的，不過還是將資料拿在手裡比較有實際感。

「不相信的話就拿給諜報組檢查吧。」他把地圖扔給距離自己最近的暮雨。剛剛才害雪莉從半空中摔了下來，地圖交給她的話可能會被當場撕成碎片。

暮雨不動聲色的接過地圖，瀏覽內文。的確是名副其實的軍事基地內部地圖，方位座標也明確的列了出來，但光靠這張紙也無法知道可信度如何，於是他拿出武裝科的通訊器，按了個鈕，三十公分左右的視訊螢幕登時浮現在眾人眼前。視訊螢幕讀取幾秒，荻深樹的臉龐馬上印在螢幕上。

白火眨眨眼，這種高科技產品她不管看幾次都難以習慣。

「哈囉，這不是暮雨小夥伴嗎？你居然會主動找我，好稀奇，太稀奇了——話說四周怎麼會圍這麼多人啊？一堆人盯著人家瞧，人家會害羞啦！」

「有東西給妳，現在傳過去。」

幾秒後，荻深樹從座位旁的掃描器裡拿出地圖影本，端詳了幾秒。

「哇塞，這不是72區軍事基地的內部圖嗎？真是厲害，哪裡弄來的啊？」

「可信度怎麼樣？」

「你一時這樣問我，我也沒辦法回答呀，你們把諜報組想得太強了啦，我們又不是各路神明。」荻深樹自以為可愛的鼓起臉頰，「不過座標和入口位置完全正確，內部配置圖也標注的很詳細，不然就賭一把看看？反正被騙了再逃出來就好。」

暮雨把手上的通訊器往後一甩，扔到雪莉手裡。

「哇哇哇哇，天旋地轉天旋地轉！暮雨小夥伴壞心眼——」

有著荻深樹的視訊螢幕當然也飛了過去，轉了好幾圈。

他看了諾瓦爾一眼，「你從哪裡得到的？」

「我想想，簡單來講就是——靠關係？雖然我們也滿討厭世界政府的，不過既然是反管理局組織，自然會倒向政府那裡取取暖嘛。」

和政府有關係？路卡很明顯變了臉色，「等等，這麼說你算是政府的人？那你為什麼還要——」

「就說了和立場無關，這是我……不對。」諾瓦爾頓了一下，不是只有他，還有榭絲卡，甚至陸昂也是，「是我們自己的意志。」

看著他散發出徐徐光輝的琥珀色瞳眸，白火第一個想法居然是：又來了。

又是那個眼神。她似曾相識的——無法捉摸的神秘目光。

盯著那雙眼睛，她握緊拳頭，走到眾人面前。

「……那個，各位，請相信諾瓦爾吧。」

「白火？妳在說什麼啊！」路卡無法理解為什麼要信任這種來路不明的恐怖分子。

「再這樣下去也不是辦法不是嗎？現在只知道政府軍的位置，基地內部什麼也不清楚……我們就賭賭看吧？」她急切的看向暮雨。

後者的表情有了些許變化，他問：「憑什麼？」

「憑諾瓦爾的眼神。」面對他冷若寒霜的目光，白火不畏懼的看了回去，「那種眼神，不會騙人的。」

聽見這句話，暮雨嘖了一聲，終於忍不住大吼：「為什麼妳老是這樣！」

講出這句話後，別說是白火，暮雨自己也傻愣在原地。

——我剛剛說了什麼？老是？

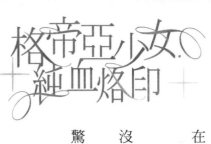

轉瞬之間，一道不屬於現實的畫面橫越過暮雨眼前，他看見了三個人。三個人影聚在一起嬉戲，即便年齡有些差距，但全都是孩童。

暮雨瞪大眼，這是什麼？

「……科長？」白火見他突然震懾住身子，動也不動，連忙呼喚：「暮雨科長，您沒事吧？」

白火的聲音把暮雨拉回現實，暮雨抽了一口氣，眼前的世界恢復原樣，他瞪著一臉驚惶的白火，以及彷彿窺透他心思般、笑得過分詭奇的諾瓦爾。

「……沒事。」暮雨搖搖頭，不想多管剛才看見的景象究竟是什麼，他回頭望了雪莉一眼，「叫荻通訊官把基地內部圖傳給其他武裝科科員，準備好反擊了。」

「科長，您該不會——」

他沒回應，轉而瞪向眼前的恐怖分子，「把AEF的所有聯繫工具全部吐出來，明天清晨作戰開始時，你站上第一線。」決定把這隻貓丟到最前戰線試水溫，他接著把類似追蹤器的東西安置在諾瓦爾的手腕上，壓住耳機對另一端的通訊官說道：「要是有什麼不對勁就直接引爆。」

原來這追蹤器什麼的還附帶自爆功能，魔鬼科長竟然隨身攜帶這種恐怖武器，諾瓦爾無奈的嗤笑一聲：「你還真是器重我。」

暮雨瞇起祖母綠的瞳孔，朝諾瓦爾狠狠一瞪，「要是敢背叛，就當場殺了你。」

諾瓦爾不痛不癢的聳聳肩，面對這充滿壓迫感的眼神，他甚至還投以笑容，「真是感激不盡，武裝科的科長大人果真心地善良。」

「我沒打算相信你，只是……」暮雨欲言又止，腦內的神經再度傳來觸電般的隱隱作痛，他佯裝無礙的壓低視線，撇過頭索性不說話了。

方才一剎那閃過眼前的畫面究竟是什麼？他為什麼會因為那點東西而喪失判斷力？彷彿一旦深度追查，整個身體都會無法承受龐大的壓力而粉身碎骨。

諾瓦爾看兩方達成協議，悄悄走向白火，途中經過暮雨身旁時，在對方耳邊輕喃了一句：「……看來是想起什麼了呢，暮雨。」

他不給暮雨回答的閒暇，馬上燦爛一笑：「太好了，武裝科的各位，期待我們合作愉快喲。」

「……我還沒有完全相信你，諾瓦爾。」白火到現在還是不明白他的用意何在，三番兩次出現在她眼前，一下偷襲暮雨，一下又主動協助管理局，根本捉摸不定。

「我知道，所以我會努力爭取你們的信任的。準備好了就到外面找我吧。」

諾瓦爾扔下這句話後就逕自朝外頭走去。看來他也知道自己待在這裡只會讓武裝科的氣氛惡化，趁場面失控前速速離開才是上上策。

「那個人到底是怎樣啊，整個莫名其妙！」雪莉看著走遠的黑色身影，一邊叫罵、一邊繼續和荻深樹聯絡。

「哦？雪莉小夥伴，剛剛那個來如影去如風的紅髮貓眼小夥伴是誰啊？挺帥氣的哦！介紹一下吧！」

「帥個屁啊，妳是電腦螢幕盯太久瞎了狗眼嗎？那是暮雨先生的敵人，也是老娘的敵人！以後絕對要用鞋跟打碎那傢伙的頭蓋骨，不然難消老娘心頭之恨！」

路卡看了眼四周，氣氛不太好，那個叫諾瓦爾的恐怖分子怎麼看都很不對勁，「科長到底怎麼啦？為什麼會相信那種人……」目前確實處於膠著狀態，但既然都接受合作了，他也沒打算多嘴。

白火心想，接下來就是直接突入政府軍的基地了吧，不過光是這樣以暴制暴，確實沒有辦法解決問題。一段時間之後，政府軍說不定又會找別的理由再次攻進72區。

社會大眾不會刻意關注邊境地區，何況又是與他們無干的異邦人，世界政府就是咬緊這點不放，才能大肆刁難這些時空迷子。

「……那個，我有個提案。」

白火舉起手，她認為還有其他辦法。

「我覺得這不單單只是武裝科和政府的戰鬥，沙族也得為了自己的家園盡一份心力才行。」

「白火？」

「自己覺得重要的東西，就由自己來守護……我是這麼認為的。」

暮雨雙手環胸，他也同意白火的想法，「妳打算怎麼做？」

「就是——」

她一面說明自己的想法，一面發覺——或許自己是真心想相信諾瓦爾也不一定。只因為一看見他的笑臉，心中就湧現出一股無法言喻的懷念感。

★※★◎★※★

突入政府軍據點的時間為清晨。

世界政府似乎早在幾年前就盤算好搶奪72區，設立在沙漠地帶邊緣的根本不是軍營帳篷，而是軍事基地等級的巨大建築。對政府而言，妨礙占領72區的因素只有人數稀少的沙族，白火實在不懂為何要大費周章建造軍事基地。

她透過通訊器問了荻深樹。

「沒差啦，反正都是要轟掉的東西。」

結果得到通訊官一點責任感也沒有的回答。

作戰計畫分成兩部分，路卡、雪莉、諾瓦爾、以及前來支援的大部分武裝科科員，直接從正面進攻。知曉武裝科已經介入72區的政府軍不可能坐以待斃，絕對會派出兵力應對。

另一方面，趁著兩方在正門衝突時，白火、暮雨和剩下的科員就搭乘直升機繞過戰場，直接從後方突入，按照基地配置圖的指示入侵基地內部，破壞基地內的防衛系統。

這是相當容易理解的誘餌作戰，但政府軍一定沒料到諾瓦爾居然會倒戈到管理局，當然也不曉得基地資料外洩。白火很擔心作戰結束後，諾瓦爾會不會被軍隊抓去滅口。同時，荻深樹不知為何聯絡了媒體，以匿名身分表示有可靠的第一手消息。

「為什麼老娘非得和你這政府走狗合作不可啊！」

待機時，雪莉指著諾瓦爾破口大罵。

奉命當誘餌就算了，只要是暮雨先生的命令就算是跳下懸崖她也甘之如飴，但為什麼偏偏得和這個紅髮貓眼搭檔呀？她寧願跳懸崖跳一百次也不想站在恐怖分子旁邊。

「我承認剛剛是粗暴了點，不過那是正當防衛吧？」諾瓦爾兩手一攤，「不然這樣好了，就當作是賠罪，我洩漏點暮雨的情報給妳如何？」他看這雙重人格女孩還滿哈暮雨的，既然無法和解，那只好利誘了。

「你這野貓和老娘的暮雨先生到底是什麼關係啦！」

「唔——失散多年的好朋友？老大與跟班？我也不太會解釋，反正不重要啦。怎麼樣，想不想知道啊？那種事、那種事、那種事和那種事，只要是關於暮雨的秘密，我什麼都可以告訴妳喲——」

「你、你說什麼！那種事、那種事、那種事和那種事……」

雪莉震驚至極的吸一口氣，那種事究竟是哪種事！

「怎麼樣，願意原諒我了嗎？」

「真是見怪，您在說什麼傻話啊？人家從——頭到尾都沒有怪罪過諾瓦爾先生呀！諾瓦爾先生真是帥氣❤為了沙族們挺身而戰，好迷人好迷人好迷人喲，雪莉都快愛上您了❤❤❤」

下一秒，她像是忘記先前被五花大綁那樣，態度一百八十度大轉變，親暱的挽住諾瓦爾的手臂，露出蜜糖般的笑容。

女人真是種可怕的東西，希望白火將來別變成這副模樣。諾瓦爾暗自祈禱。

「好了，快點告訴人家暮雨先生的事情吧！」

算了，雙重人格說不定也是種賣點。諾瓦爾就這樣讓她挽住手臂，裝出一副回憶過往的模樣說道：「我想想，要從哪裡說起好呢……啊！小時候的暮雨怎樣……不，還是別說好了，這個講出來好像會被宰掉。」

「咦，你這樣賣關子，人家反而更想知道了啦，小時候的暮雨先生到底怎麼了？」

「你們兩個安靜點啦，要閒聊就把通訊器關掉！這樣我沒辦法集中精神！」通訊器另一頭的路卡忍不住了，他趴在另一端的高原上等待時機等到腰快斷掉，居然還得聽地面上的兩個人挖自家科長的八卦。

幸好這群組通訊暮雨聽不見，不然那魔鬼科長絕對會不分敵我，把他們統統抓去和政府軍陪葬。

「雪莉妳也真是的，剛剛不是才說要請人家吃鞋跟嗎？怎麼那麼快就黏上去啦！」

「討厭，路卡，你在說什麼啊？暮雨先生的朋友就是人家的朋友，對朋友保持友好態度不是天經地義的事情嗎？嘿嘿❤」

諾瓦爾也湊到雪莉耳朵上的通訊器說了句：「你叫做路卡啊，幸會幸會，你不想揭開自家上司的神秘面紗嗎？」

「想是想，不過知道以後大概也活不久了……總之快點把這個任務結束，我想快點下班啦！我是不加班主義的！」說到一半，路卡發現自己居然回話了，他呸呸呸了幾聲：「不要隨便和我說話，你這個恐怖分子！等等要是敢輕舉妄動，我就直接讓你腦袋開花！」

「雪莉小姐，你們武裝科的人真是不友善呢。」

「對啊，路卡超級壞心眼，每次都這樣凶人家——還是諾瓦爾先生最溫柔了，嘻嘻嘻❤」

「雪莉妳到底是站在哪邊的！妳這個叛徒！」

這時，透過觀測器觀察敵方的路卡閉上嘴。政府的軍事基地有著光學迷彩，用肉眼觀察根本無法找出確切位置，他是按照諾瓦爾給的資料找出準確的座標進行監視。

即將是破曉時分，帶點薄光的視野中，他看見隱形於沙漠中的基地入口打了開來，軍人紛紛移動到戶外定點。發覺武裝科朝基地這裡接近，政府軍理所當然迎戰。看來諾瓦爾的情報無誤。

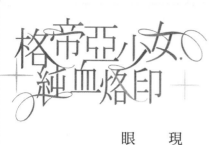

至於政府為何要把光學迷彩這種要價不菲的軍備用在72區邊境的小小基地裡，他到現在都想不明白，真的只是為了掩人耳目嗎？

「政府有動靜了，一千三百零三公尺。」太陽快升起了，他接著看向天空說：「礙眼的東西我會幫你們打掉，剩下的自己想辦法，盡量拖延時間就對了。」

「認真的路卡最帥了，雪莉有點心動❤」

「去黏科長啦，不要把魔爪伸到我這裡來！」

看在是正經場面的分上，雪莉難得沒有變換人格，她換上烙印長靴，抓住諾瓦爾的手，「為了暮雨先生，我們一口氣衝到政府軍面前吧，諾瓦爾先生！」

「當先鋒嗎？真是主動呢，暮雨一定很喜歡妳哦。」諾瓦爾按住帽子，以免等等暴衝的時候飛走。

「嘿嘿嘿，真的嗎？人家好開心——❤」

其他武裝科科員還在乖乖步行前進時，雪莉早就抓著諾瓦爾飛上天，筆直的衝向基地正門。既然要當誘餌就得稱職點，先讓政府軍把注意力全放到正面攻入的科員身上。

到了基地門口，諾瓦爾從風沙聚集的高空躍下，姿態優雅的著陸在政府軍面前。

他照慣例提了提帽簷，「早安，政府的各位，是個美好的早晨呢。」

政府軍沒想到武裝科竟然一股腦直接飆了過來。面對突如其來降臨的諾瓦爾，軍人們先是愣了一陣，連武器都還沒提起，就被諾瓦爾手上的操偶線控制住行動。

被看不見的堅硬細線扯住咽喉，只要稍微一動就會被割斷咽喉，其中一位軍人難受的大叫：「那身衣服……你不是武裝科的人！」

「我只是個碰巧路過這片沙漠的老百姓而已，覺得挺有趣就過來助陣囉。」

諾瓦爾顯然不是什麼和平主義者，遠方的路卡已經透過瞄準鏡看到被操偶線綁住的軍人各個東倒西歪，甚至在晨曦的沙漠上隱約瞥見斑斑血跡。看來這人似乎毫不在意管理局和世界政府的法律條文。

政府軍同時也派出了坦克，魯莽衝到軍隊面前的雪莉和諾瓦爾自然成了坦克炮口的靶子。移動到基地外的坦克正好往右移動，在沙地上壓出履帶的痕跡。接著，坦克的炮口轉向高空中的雪莉，因為右轉的緣故，可以瞥見露出一丁點散熱板的光芒。

遠方高原上的路卡早就把準心對準坦克後方，這時他扣下扳機，射出一發子彈。同時間，雪莉和諾瓦爾眼前的坦克瞬間爆炸四散，揚起一大片火花和塵霧沙海。

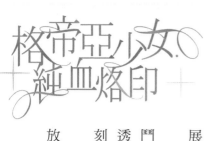

就以這個爆炸聲為信號，後方的武裝科科員也到達最前線，武裝科正式和世界政府展開接觸。

路卡看著一千公尺外的爆炸火團，透過瞄準鏡可以看見黑軍服和藍軍服的人互相纏鬥，他也沒有閒下來，看哪邊處於劣勢就往哪邊開槍解圍。儘管烙印武器射出的子彈是透過烙印者的力量轉換而成，過度使用依然會給精神帶來巨大負擔，可是在這種非常時刻就不必管了，反正子彈不用錢。

「科長，這邊已經和政府軍正面接觸了。」他一邊瞄準，一邊對著通訊器說：「請放心吧，那個叫諾瓦爾的恐怖分子沒有異狀。」

倒不如說比武裝科的人還心狠手辣，政府軍傳來的哀號聲多半都是那個紅髮貓眼引起的。

「繼續拖延住，要是出了問題就當場在他腦袋開洞。」

「了解。」

快點結束快點下班，路卡幹勁十足的趴在黃沙高原上執勤。

他當然也有一度想順便幹掉大肆表演的諾瓦爾，但畢竟是情報資料的提供者，而且也相當盡責的在戰場上揮灑汗水──好吧，其實他是害怕在扣下扳機前，一千公尺外的諾瓦爾就會利用神奇的力量當場扭斷他的脖子。

畢竟諾瓦爾明明是有著壓倒性力量的烙印者，卻擁有影子，這點他怎樣也想不通。ＡＥＦ裡的人該不會盡是像他這樣的怪物吧？路卡不禁這麼猜測。

★※★◎★※★

有著光學迷彩的武裝科直升機降落在軍事基地後側，白火、暮雨和其他負責潛入的武裝科科員紛紛跳下直升機。

「那就祝你們好運啦。」駕駛直升機的武裝科科員在駕駛座裡揮揮手，此地不宜久留，駕駛員打完招呼就再度把直升機駛往空中，迅速離開戰場。

軍事基地可說是處於隱形狀態，按照諾瓦爾給的座標到達定點後，白火抬頭一看，眼前依然是清晨的沙漠荒原，不遠處傳來政府軍和武裝科的打鬥聲，卻沒看見半個人影。看來是找對了，因為基地建築擋在眼前，才會看不見另一頭的交鋒戰場。

還沒有被警備人員發現，白火在小通道的位置伸出手，銀色火焰數秒內纏繞上原本空無一物的前方，被火焰一燒，基地的迷彩也暴露出原形，露出後方的窄小通道。

通道的鐵門馬上被雪色火焰燒熔出一個洞，這個舉動勢必會響起警報，引來內部的警備人員注意。

一行人衝進基地後馬上和政府軍正面接觸，一部分的武裝科科員留下來殿後，白火和暮雨在混亂中迴避攻擊，繼續往裡面衝刺。

「照之前的計畫行動。」跑在最前方的暮雨說道。

「我知道了！」

來到第一個岔路口，兩人相當有默契的分別往左右兩方前進，就此分別。

整座基地呈現矩形，他們的工作就是分別破壞位於基地四個角落的防衛系統。癱瘓基地的系統運作後，下一個步驟白火也不太了解，簡單來說毀了防衛系統，電腦運作也會大亂，諜報組就會趁這時入侵基地的電腦運作，反正之後就是荻深樹的工作了。

癱瘓防衛系統之後，被諜報組切斷通訊的政府軍必定會大亂，屆時正門的情勢就會一面倒，雪莉他們便可以直接攻進來、通往主控室，本次的政府作戰指揮官薩里應該就在那裡。

不過，這次的任務並非直接拿下指揮官，白火雖然認為政府軍是很該死，但以命償命並不是最好的解決方法。

「有入侵者！」

「這身軍服……是伊格斯特的人？」

白火也才彎過一個轉角，基地內部的政府軍就出現在眼前。

她先發制人往前一翻，躍到政府軍身邊的同時，左手抓住對方手上的槍械。槍枝一被烙印之火延燒，馬上爆炸解體。

「那個瞳孔顏色，該不會是純種……噗啊！」

她在政府軍措手不及時右腿一個迴旋，踢歪第二位軍人的下巴，然後也很公平的用火把對方的武器燒成熔鐵。僅僅十秒內，擋在面前的兩個成年男人就朝牆壁兩邊癱倒，讓出道路來。

「……對不起。」

雖然說是貨真價實的戰爭，她還是沒辦法看得那麼輕鬆。簡單把兩個軍人敲暈後，她迅速從軍人身上搜出識別證，繼續往目的地移動。

總共四個區域的防衛系統，暮雨負責右半部Ａ、Ｂ兩區，白火則是前往基地左半邊的Ｃ、Ｄ兩區。目前白火已經到達Ｃ區防衛系統的房間前，她把剛剛搶來的政府軍識別證往密碼鎖上一刷，迅速輸入諾瓦爾給的密碼。

密碼鎖發出綠色光芒，防衛系統的門打了開來。諾瓦爾果真沒有騙人。

作戰指令基本上是說「破壞」，於是白火理所當然把房間裡的東西全燒成鐵屑，烙印大火以驚人的速度蔓延上所有的電腦設備。確定房間內一片焦黑後，她收起烙印力量，繼續朝Ｄ區的防衛系統前進。

「右半部的兩個防衛系統已經破壞完畢。」耳邊的通訊器傳來暮雨的聲音：「妳那裡怎樣？」

「剩下Ｄ區的防衛系統了。」

「動作快點。」

「我知道了。」白火加快腳步，按照地圖拐過基地裡好幾個轉角，全力朝基地左下角的防衛系統前進。

途中又打暈好幾個政府軍人，她開始懷疑是不是警備人員都往左半部擠過來，暮雨才能那麼快速的把右半部的防衛系統破壞掉。

到達地圖左下角的目的地後，她再一次刷搶來的識別證，輸入密碼闖進去，如法炮製的把房間裡的電腦儀器全燒個精光。

她靠在防衛系統房間的門旁，「科長，這邊也結束了。」

「知道了。」暮雨點點頭，向荻深樹報告：「荻通訊官，這邊已經處理完畢。」

「收到囉！真是效率驚人呢，好厲害好厲害，接下來讓我們諜報組大顯身手吧！」

耳機另一端，準備進行第二步驟的荻深樹回答。透過通訊器，還能隱約聽見她快速敲打鍵盤的聲音。

「話說沙族那裡如何，需不需要幫他們準備個讓人痛哭流涕的演講稿啊？」

「用不著妳多管閒事。」

「好冷淡，真是冷淡呢──那就先這樣，才貌雙全的荻通訊官我就先退下啦！」

通訊結束，白火鬆了口氣，這下只要等路卡他們突破正門就行了。

「咦？」她不經意瞄了一眼複製到錶型電腦螢幕上的地圖，發現自己的所在位置和螢幕上的地圖有些不同。

往最角落盡頭一看，裡面居然還有一條地圖沒有顯示的窄小通道，最深處隱約能看見一扇小門。

她直覺那個沒有描繪在地圖上的房間有些怪異，趁著政府軍過來前逕自跑到小通道的門邊，一樣有密碼鎖，她沒有多想就照先前一樣刷過搶來的識別證，輸入密碼。

「身分密碼錯誤……權限不足？」

密碼鎖面板上亮起紅燈，門扇依舊深鎖。

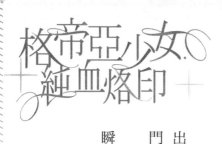

一般軍人無法進入嗎？越來越覺得事情有鬼的她乾脆直接用火把銀白色的自動門燒出一個大洞，硬闖進去。反正基地都已經被他們入侵了，警報器接連響起，多燒壞一扇門應該也無傷大雅。

白火進入房間，一踩到門口附近的地板，裡頭的電燈就自動亮了起來，房內的景象瞬間映入眼簾。

「這、這是——」盯著前方，她不自覺發出略帶顫抖的驚呼。

是類似於先前防衛系統的寬敞房間，裡頭擺滿各種電腦設備和她喊不出名字的精密儀器，只是不知怎的，房間中央有著被鐵欄杆和玻璃包圍的圓柱型站臺，裡面牽連著不計其數、不同顏色的電線，加上房間兩側的擺設，怎麼看都像是實驗室。

「怎麼了？」暮雨聽見她的聲音，低聲一問。

「發現了地圖上沒標示的房間，應該是實驗室，地點位於D區的最角落轉角。」深怕暮雨誤會是諾瓦爾搞的鬼，她趕緊解釋：「用搶來的識別證和密碼都沒辦法打開門，好像是一般人無法進入的地方。」

「我知道了，我現在過去。」

實驗室內空無一人，她起初以為是研究人員得知武裝科到來，早在前一刻溜了出去。但她發現兩旁的精密儀器都積了灰塵，桌上沒看見半點類似資料的文件，怎麼看都是擱置已久的樣子。

裡面好像還有路，白火往繼續往裡面走。

實驗室深處還有一扇門，沒有密碼鎖，照這樣看來應該是自動門才對，然而她站在門前，自動門都沒有打開的跡象。

她索性又用火燒開一個洞，走進第二個房間。

這下她更確信是實驗室了，第二個房間居然是類似手術室的密閉空間，手術用具照樣被棄置，手術檯上還有髒汙。她湊近一看，棕黑色的斑點，怎麼看都是乾涸好一段時間的血漬。

「又有一扇門？」

白火發覺手術室深處又有一道門，而且並非之前那樣的自動門，是加了好幾道鎖和鐵護欄的厚重鐵門，隨便猜想都能推論出門後面的東西很不得了。

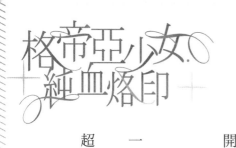

不管防護措施加了幾層，隨便用火都能燒熔——她原本是如此猜想，沒想到這扇門還真的燒不太掉，她花了好一段時間才把鎖頭一個個燒壞，接著踢掉鐵鎖，徒手硬是掰開鐵門。

——怎麼有點可怕啊，好像在玩《惡●古堡》……

所謂好奇心可以殺死一隻貓，害怕歸害怕，白火還是膽怯的走了進去。

位於最深處的房間明顯和實驗室有隔絕，連電燈的線路都不同，並非自動式。她在一片漆黑中摸到開關，打開房間裡的電燈。

不開燈還好，一開不得了，裡面居然擺滿了關著野獸的鐵籠，而且還是與她等高的超大尺寸。

房間前方的籠子裡沒有任何東西，白火敲敲籠子，很犯賤的用火燒了一下，看來還不是一般的鐵籠，比剛剛的鐵門還堅固，燒都燒不熔。

果然還是先出去好了，這裡根本就是幽閉恐懼症的最佳溫床……她識相的退後，要是連燈光都沒了的話，她絕對會當場發作。

「哈囉——武裝科的小夥伴們，這裡是最美麗的荻通訊官大人！」

耳機傳來荻深樹的聲音。白火被嚇得抖了一下肩膀。

「政府軍的通訊系統已經完全殘廢啦，實況轉播也統統ＯＫ，真是可喜可賀、可喜可賀！讓他們知道這兩年間換了局長的管理局究竟有多大改變吧，欸嘿嘿嘿嘿！」

是給正門武裝科科員的消息，白火聽了有點驚訝，原來安赫爾是兩年前才當上局長的啊。

「總之快點去和大家會合……咦？」

正打算離開詭異實驗室的她才剛轉頭，就聽見最深處的鐵籠傳來猛烈的敲打聲。

她第一個反應當然是縮起肩膀停止呼吸，那些籠子裡果然關了什麼！是不小心被她吵醒了嗎？重點是到底做了什麼鬼實驗啊！

她才轉身一看，就目睹鐵籠扭曲變形，發出像是骨骼斷裂的清脆聲響，鐵籠裡面的黑影子一閃，壓縮絞扭的鐵籠就像是被塞了炸彈似的，從中間爆裂開來！

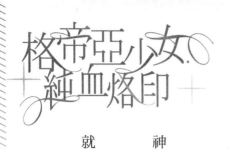

「那是什麼啊！」剛剛用火也燒不掉的籠子就這樣輕易解體了，白火懼怕的退後好幾步。

「又怎麼了？」二度聽見她的尖叫，暮雨不耐煩的問道。

「暮雨科長，實驗室裡……實驗室裡好像有很不得了的東西！」看著黑影從瓦解的籠子裡破殼而出，白火當下就是竄起雞皮疙瘩，有種大難臨頭的預感。

「什麼東西？」

「影子！」

喀一聲，認為自己被耍的暮雨斷了通訊。

「我沒有開玩笑，真的是影子！是人形的影子啦！暮雨科長，求求您快點過來！」看見會動的影子比看見一大群軍人還恐怖，何況地點又是在地圖上刻意隱瞞蹤跡的神秘實驗室，白火馬上捨棄了武裝科科員該有的驕傲與自尊，再次向上司求救。

房間深處的黑影緩慢的晃了出來，白火看得膽顫心驚，一隻就算了，居然有三隻！闖出來的不明黑影呈現駝背的高大人形，和先前的影獸一樣沒有輪廓和外觀特徵，就是一團似固態又似液體的黑糊糊影子，像是沒有面具的無臉男那樣蹣跚的走了過來。

白色燈光下，那些黑影更是濃得猶似黑夜，白火低頭一看，既然本身都是像影子的東西了，它們腳下自然看不見陰影。

這下慘了，難怪剛剛那扇門會有這麼多道鎖，她當初幹嘛手賤去開啊！

不想管這東西是哪來的了，她第一個反應就是衝出放滿鐵籠的房間，手術室空間也太過狹窄，她快速往最一開始的實驗室移動。

一邊逃跑時她總覺得有些不對勁，回頭一看。

「追、追上來了！而且好快！」

那些軟軟糊糊的黑影居然隨著她移了過來，而且因為是影子，根本不需要走路，直接用飄的就趕上她的腳步。

白火一路狂奔，逃回一開始的實驗室，多半是被正門的武裝科科員引走注意，政府軍還沒發現被她燒穿一個洞的實驗室入口。她也不知道這算不算好事，原本想說如果有政府軍跑過來，她就要很沒人性的把對方丟到那團黑影前試水溫。

她隨手抄了電腦桌上的鍵盤，聚滿白色火焰，朝其中一個黑影擲了過去。

「居然吃掉了……搞什麼鬼，那種東西能吃嗎！」

沒想到黑影被鍵盤砸中的頭部竟然凹出一個窟窿，把著火的鍵盤吞進去，白火嚇都嚇死了，這東西究竟是什麼啊？

「簡直就和之前的影獸沒兩樣……等等，影獸？」

講到這，她再笨也領悟過來了，眼前這團黑影不就是改變了形狀的影獸嗎？她又晃了幾眼周圍，所以這裡是研究影獸的實驗室囉？政府竟然在研究影獸？

明曉了這三團黑影子的真面目，她突然覺得剛才嚇得心驚膽顫的自己有點愚蠢。

先別論這三團黑影究竟是不是影獸的同類，芙蕾之前有說過——影獸只要在無光狀態下一段時間就會自己湮滅，那麼這些黑影說不定也能用同樣的方法消滅掉。

白火想到了，剛才關住這些黑影的房間，那裡的電燈設置了手動開關，是為了隔絕光芒。那並非普通的牢房，而是無光室。

「所以我是在這些黑影還沒死透的狀態下把門打開的……」

她慚愧至極的按住臉，發誓以後再怎麼好奇都不敢亂開門了。

忽然，前方的黑影見她有破綻，像是史萊姆般扭動身體撲了過來，「嗚哇！」白火一個閃避不及只好往旁邊跳，退到電腦桌前。

黑影的動作過於敏捷，她的左手來不及抽回來，就這麼被黑影劃出一道血痕。

明明應該只是輕傷，被劃出傷口的那瞬間，卻有一股足以焚身的熾熱感攫住她的胸口。她腿一軟，頹倒在地上。

「……嗚……啊啊啊啊！」

頭部暈眩，好像被扼住脖子般無法喘息，撕裂傷的疼痛襲擊上神經，完全搞不清楚是怎麼回事的白火第一眼就是朝手上的傷口看去。

她手背上的烙印，居然少了三分之一。

她當下只有一個想法：「被黑影……吃掉了？」

——烙印被黑影吃掉了？

她猛然想起艾米爾被陸昂襲擊的那次，烙印武器被破壞時，烙印者會承受生不如死的痛苦，換句話說，手上的烙印出現損傷時也是一樣的狀況嗎？

身體麻痺得無法動彈，呼吸困難，跪倒在地的白火攀上電腦桌桌緣，死命爬起來。幸好烙印只少了三分之一，勉強還能行動。

三團黑影蠢蠢欲動，果然和影獸類似，剛剛會追著她跑，一定也是因為影獸有著主動攻擊烙印者的習性。如今唯一的解決方法就是把這些黑影引回剛才的鐵牢房間，重新把他們關起來，然後封死鐵門。

白火看了一眼只剩下三分之二的烙印，全神貫注吸了口氣，掌心再度傳出微微的熱度。太好了，看來還能使用烙印力量，她忍住全身上下簡直要炸裂開來的痛楚，咬牙衝向實驗室深處的手術室。

同時間，黑影再度朝她飛湧了過來。

速度天差地遠，怎麼想也逃不掉，她只好用力抓住桌子，整個人往旁邊一倒，摔到地面上去，翻身滾了好幾圈。撞上地面的腦殼簡直要裂了開來，她費盡力氣才不讓意識昏眩過去。

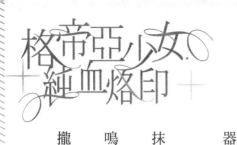

撲空的黑影咬爛她前一秒攀附的電腦桌，連下面的電腦主機都被吞了進去，電子儀器損毀的當下產生爆炸與濃煙。

「咳、咳咳……」白火癱倒在這團煙霧的不遠處，被煙幕嗆得咳出眼淚來。

黑影團塊縮回身體，剛剛那一飛跳，如今距離她不到三十公分，她幾乎能看見烏漆抹黑的身體裡隱約有液體在流動循環，是活生生的怪物。

意識接近朦朧狀態，身邊沒有從天而降的地毯讓她燒，魔鬼暮雨多半也只把她的悲鳴當作惡作劇。這就是所謂的屋漏偏逢連夜雨吧，不然就是天要亡她非戰之罪。

黑影縮起身體蓄勢待發，準備做出第二次攻擊，不只如此，另外兩團影子也朝她聚攏了過來。

一眨眼，趴在地上的白火馬上被三團黑色影子包圍，視線和地面平行的她只能看見地面上的黑色物體，頭頂上的燈光也被擋住，頓時一片昏天黑地。

來不及爬起來了，她把手往地上一貼，喚出來火焰纏住黑影的腳邊，當然起不了多大作用。

「再這之前，好想……回家一趟啊……」

深感死期將至，她索性悲觀的閉上眼。

下一刹那，比起被黑影啃食入腹的疼痛，她居然感覺到身邊傳來一股冷到骨髓裡的寒氣。

「——趴在那裡做什麼？裝死嗎？」

好冷，實在太冷了，冷到就算她變成屍體也會被冷醒的低溫，感覺連眼皮都要凍成冰塊的白火張開眼。第一眼瞧見的是武裝科的軍靴，目測鞋號二十九公分。

「站起來。」

更不得了的是，這位鞋號二十九公分的人，居然是她家的魔鬼科長。

從暮雨的鐮刀竄出來的寒氣太過懾人，稍微讓打算張開血盆大口把白火吞進去的黑影退了開來。

「聽不懂嗎？站起來。」暮雨瞪了白火一眼，他當初還以為白火是小題大作，好險趕來了，不然這個純種烙印者可能真的會就此撒手人寰。

「嗚，暮雨科長，您果然還是來了……太好了……」

「不准哭！」

白火趕在被魔鬼科長踢起來前連忙攀住還沒被黑影吃掉的電腦桌，吃力的站起來。身上的痛覺遲遲沒有舒緩，她瞄了一眼手上的烙印，尚無恢復的跡象。看來是要徹底消滅這些黑影才能搶回烙印了。

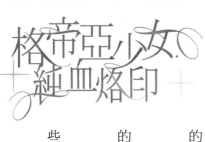

「這什麼，山寨版影獸？」先前以為白火在唬他的暮雨看著眼前的三團影子，不好的回憶又竄了上來，一想到上次那個辮子男就火大。

「山寨版……好懷念的詞喔……」

這聲音聽起來根本和即將斷氣的屍體沒兩樣，暮雨一面用鐮刀抵住打算再度衝上來的黑影，皺起眉尖一問：「這次又怎麼了？」

這裡有燈又寬敞，他不懂這次哪裡出了問題。

「我、沒事……」白火按住疼痛欲裂的胸口，顫顫的吸了口氣，「總之，請先把這些東西引到裡面去吧，畢竟是和影獸相似的東西，對付的方法應該也……」

說不下去了，她嚥下嘔吐的衝動，逕自跑進手術室裡。不能再當拖油瓶了，就算跑不動也得裝作能跑的樣子，白火咬緊牙根向前衝，跌跌撞撞的跑進深處。

暮雨看著隨時都會翹辮子的白火，想問什麼又欲言又止，最後決定先不管了，隨著她跑進深處的手術室裡。

三團黑影被兩人的烙印所吸引，理所當然緊追在後。

來到手術室，白火差點就想直接趴在手術檯上休息，多虧上次差點被安赫爾植入晶片的陰霾，她繼續向前衝，在跌倒的前一刻抓住鐵門欄杆，大口大口喘著氣。

暮雨接著跑了進來，第一眼就看到最深處放滿籠子的房間，只要把這些黑影怪引進去就好。

「暮雨科長，小心！」

後方的黑影趁著他反應不及時翻捲上來，窺伺到危機尾巴的暮雨往後方的手術檯一躍，與他擦身而過的黑影咬上手術檯和桌上的剪刀，剩餘的工具失去支撐，叮叮咚咚散落一地。

就算揮不死，至少也有牽制作用，暮雨立刻用鐮刀橫劈過眼前的三道黑影團，鐮刀刀尖的寒氣爬上影子身軀，蔓延擴張，順利的將黑影怪凍成冰塊。

當然，只是一瞬間，黑影馬上一扭，把身上的冰塊全部震碎，甚至還張開疑似是嘴巴的部分，把頭部範圍的冰塊全吸進了身體裡。

「居然被吃了，那種東西能吃嗎？」魔鬼科長做出和白火默契十足的發言。

沒辦法結凍，他迅速跳下手術檯往最裡面的鐵門衝刺，要是把白火留在門口旁，黑影怪只會轉移目標攻擊白火，於是他沒有多想——在衝進最深處房間的同時，另一手環住白火的腰，帶著她一起奔進房間裡。

「世、世界在旋轉……我的世界在旋轉——」整個人被暮雨掛在腰間的白火作嘔想吐，像是軟體動物一樣癱軟無力，臉還差點撞到門框。

「振作點。」

「科長，我……好想吐……」

「給我吞回去！」一想像部下會做出這種失態行為，暮雨終於達到暴走臨界點，他忍下直接把白火丟到鐵籠裡和黑影作伴的衝動，快步前往房間最內部。

他側睨了一眼扭曲變形的籠子，那些黑影大概就是從裡面逃出來的，密閉空間內部沒有窗戶，他立刻用武器朝頭頂一揮，打破頭頂上的電燈。光源瞬間只剩下門外傳來的亮度，緊接著，外頭的黑影占據門檻，房內頓時黑暗無比。

下一秒，窮追不捨的三道黑影如潮水般湧了進來，暮雨單手握緊鐮刀，等到黑影和自己僅有一觸可及的距離時，刀尖一閃，劃出一道冰水色軌跡。

這次，鐮刃傳出的冰霜氣息遠比前幾次都要強烈，差點昏眩過去的白火又被冷醒，全身凍得打顫。

冰凍的刀尖斬過三道黑影，在黑影像是剛剛那樣短暫結冰的同時，抓住白火的暮雨跳躍起來，橫越前方的黑影怪，在門口前降落。

接著啪一聲清脆聲響，凍結解除了，房間角落的黑影猛地迴過身體，急速逼近衝向門口的暮雨。

暮雨率先跑出房間，二話不說就是轉彎扯住鐵門門扇，用力甩上門框。

被關進房間的黑影自然不會坐以待斃，利用全身的力量朝鐵門衝撞，所幸鐵門當初就是防止黑影逃脫而使用特殊材質製成，對抗衝擊力的耐性極佳。

暮雨用背壓住門扇，抵住黑影接連不斷的衝擊，並順勢瞅了一眼門扇側邊，鐵鎖全部斷光光。門上全都是被火燒熔的痕跡。

「我就知道是妳幹的好事！」他吼了被他環在腰間的白火一聲，心中僅存的一丁點憐憫心終於也蒸發了，慘無人道的把奄奄一息的白火扔到地上，並轉身用鐮刀一揮。

鐮刀刀刃並沒有割毀鐵門，反倒是刀身的冷氣傳了上去，直接把鐵門和門框結成冰塊，利用這些冰塊阻絕滲入門縫的光芒，暫時阻擋黑影的撞擊。

「噗！」和地面來個親密接觸的白火悶哼一聲，呈大字形趴在地上。雖然是自作自受，但被吃掉烙印又被自家上司冷酷無情的扔出去，如今她真的快要歸西了。

黑影又不死心的撞了幾下鐵門，過了一段時間後，攻勢才漸漸轉弱。貼在門上的暮雨暫時鬆下戒心，瞪了一眼地上的白火。

然而，他的目光馬上被她手上的烙印吸引過去，手背上沾著血先不提，烙印居然有被咬過的齒痕，整整少了三分之一。

「妳這手怎麼回事？」

「……」

「喂。」

「……」

沒有反應，不會真的死了吧？

「哈囉——大家早安，這裡是魅力無法擋的荻通訊官是也！」

倒是喋喋不休的荻深樹回話了，差點被這聲音震聾的暮雨嘖了一聲。

荻深樹再怎麼聒噪，白火還是倒在地上動也不動，看來真的暈死了。

「現在即將為您直播本日社會版最大頭條，盯好電視螢幕，千——萬千萬千萬不要轉臺唷！」

72區救援作戰任務，在此刻進入最後階段。

★※★◎★※★

成功進入基地正門後，諾瓦爾迅速脫離戰鬥，熟練的拐入地圖上沒標示出的捷徑，全速前往基地裡的主控室。

本次的政府軍作戰指揮官薩里，只要抓住這人，72區救援作戰就算告一段落。

到達主控室門前，諾瓦爾往密碼鎖刷上從其他軍人身上搶來的識別證，打入一長串密碼，在自動門滑開的下一秒衝進主控室裡。

主控室裡當然不只有薩里，還有其他受指揮的政府軍人，諾瓦爾在闖進室內的同時手一揮，毫不留情的把薩里以外的政府軍人統統用操偶線支解掉。

「你是——嗚啊啊啊！」

主控室的操作人員才剛一回頭，就發出撕裂心肺的慘叫。

諾瓦爾可不是大發慈悲的將他們捆暈，而是用操偶線當場把人體大卸八塊，動作完全沒有一絲躊躇。這行為明顯違反了世界政府與管理局訂下的相關條例。

現場頓時血液飛濺，有些沾上操作螢幕，有些流下椅子淌了一片地板。當場死亡的操作人員瞪大死白的瞳孔，接連失去支撐滾下電腦座椅。

唯一倖免的只有名為薩里的指揮官，他原本作勢持槍反擊，但是一撞見諾瓦爾的臉，打算抽出槍枝的手就硬生生停在腰間。

「你是……ＡＥＦ的諾瓦爾？為什麼你會在這裡！」薩里早就知道基地裡陷入一片混亂，闖入基地的武裝科竟然能夠找出基地後方的隱藏通道、甚至是破解密碼癱瘓防衛系統，他瞬間就理解是怎麼回事，「該不會就是你把基地的情報給——」

「你猜得沒錯喔，是我幹的。」諾瓦爾絲毫沒有剛殺過人的恐懼和遲疑，反倒笑得悠閒。

「為什麼要這麼做！你也是政府的——嗚呃！」

薩里話還沒說完，諾瓦爾又是一揮手，直接用烙印的操偶線束縛住對方的行動。

「伊格斯特這次氣勢橫掃千軍，還請你乖乖束手就擒吧。」

他並沒有把對方也送上黃泉路，要是指揮官死了，就沒辦法和武裝科簽訂停止侵犯72區的協約。

「我知道你只是聽從上級的命令行事，所以我不會殺你。」

諾瓦爾手一拉，被操偶線捆緊的薩里身軀更是扭曲變形。

「但是，我的立場畢竟有點特殊，如果你把我這次的行動洩漏出去——我可就真的要請你去地獄走一趟囉？」

他的笑容太過毛骨悚然，讓人整個寒意都從脊椎骨竄了上來。

同時間，主控室的電腦螢幕突然被切斷畫面，原本標示著基地各區域現況的電腦螢幕上，竟然出現了荻深樹的臉。

「哈囉——大家早安，這裡是魅力無法擋的荻通訊官是也！」

荻深樹相當有朝氣的揮揮手，既然她能夠把主控室的螢幕蓋掉，就表示諜報組已經把軍事基地的系統全數癱瘓。諾瓦爾嘖嘖稱奇，速度還挺快的嘛。

「現在即將為您直播本日社會版最大頭條，盯好電視螢幕，千——萬千萬千萬不要轉臺唷！」

荻深樹俏皮的眨眨眼，電腦螢幕再度轉換。

「這、這個是！」動彈不得的薩里瞠目結舌。

螢幕顯示的——正是72區的沙族城鎮鳥瞰圖。

畫面首先轉到城鎮裡被政府摧殘後還來不及重建的破損建築，阻礙視線的滾滾黃沙下，鏡頭一點一滴拉近，最後沙族居民群聚在螢幕中央，米優從人群裡走了出來。

「這裡是72區，是我們沙族的第二個家園。」隨著畫面轉換，米優說道：「十年前的大規模時空裂縫使我們再也回不去故鄉，於是接受世界政府的援助，移居到72區重新開始生活。然而，這十年間，沙族不斷受到周圍種族——甚至是世界政府的迫害。」

畫面轉換，下一幕居然照出從光學迷彩中現形的政府軍事基地。正在和政府軍交戰的武裝科，理所當然也被照入鏡頭裡，藍色與黑色的軍服交織混雜，在沙塵中如光點般忽明忽滅。

從這畫面就可以猜出是現場直播，是在後方支援的武裝科科員拍攝，並傳送給諜報組的人，進而公布影像。

「明明都是活在這片大地的生命，為什麼非得互相傷害不可呢？就算是來自異邦，就算失去了故鄉、再也無法回歸，我們也和公元三千年的大家有著相同的情感，會笑、會哭泣、想要生存下去……想要在這片異地上，不受任何歧視與侵犯，抬頭挺胸的活下去。」

盯著螢幕的薩里像是時間暫停似的愣在原地，眼皮連眨都不眨。

諾瓦爾倒是置身事外的「哇」了一聲，聽說這個把沙族真情流露傳送到媒體播報的計畫還是白火想的，果真比直接打垮政府軍還有殺傷力。

人人平等是所有人誕生時就被灌輸的基本道德觀念，然而一般民眾面對與自己無干的事情，即便是種族屠殺也會漠不關心。這點就是政府得以大肆侵略的要因，畢竟和72區八竿子打不著的群眾根本不會在乎陌生人的死活。

換句話說，只要運用大眾媒體，讓所有人目睹實況轉播就行了。

「在這個理想實現之前，我們沙族會用自己的方式繼續戰鬥下去，無論多久、無論多麼辛苦都會戰鬥下去——我們的故鄉，由我們自己來守護。」

說到這裡，米優吸一口氣，和身後的沙族族人深深鞠躬。

「所以，也請看見這段影片的各位，能夠認同我們，成為我們的力量。」

06. 夢中的青金色

沙族的這番言論，並非只傳入軍事基地主控室螢幕，而是第一時間轉交給媒體，在整個第二星都進行現場直播。

影片釋出的時間約為早上八點，當中武裝科與世界政府衝突、沙族城鎮的毀壞、以及72區邊境的軍事基地畫面過於寫實，引起第二星都一片譁然。

接受諾瓦爾協助的武裝科就算不藉助媒體的力量，也能夠直接用武力迫使政府軍投降。然而，正如白火說的，單純的以暴制暴不可能解決問題，諸如此類的衝突必定會重蹈覆轍。決定把沙族的心聲轉播到整個星都，也是白火的主張。

原本遭受漠視的72區沙族居民在這部影片釋出之後，獲得民眾強烈共鳴。如此一來，世界政府再怎麼不甘願也只能暫且接受武裝科的協議，簽下再也不干涉72區自治權的協約。

世界政府上級當然把責任卸得一乾二淨，巧妙迴避所有不利局勢。由此可知，這次被當成棄子的就是被諾瓦爾留下活口的作戰指揮官薩里，今後恐怕再也見不到他了。

世界上還有許多像72區那樣的慘劇，此次事件只是揭露種族紛爭醜聞的冰山一角，然而這次作戰成功，確實鼓舞了管理局的士氣。

本次作戰成功也引來不少關注，多虧武裝科主動把這轟動大眾的影片傳送給媒體，現在管理局大門口可是被記者擠得水洩不通。

照理而言，必須接受訪問的是參與作戰的武裝科科長暮雨才對，但不知怎的，門口從頭到尾都不曾見過暮雨的身影，每次被媒體堵到的都是可憐的局長安赫爾。

「局長，請問您對這次作戰有什麼想法？」

「您覺得這樣公布政府作為是正確的嗎？不怕以後受到打壓或報復行為嗎？」

「雖說是不受政府管制的獨立機構，世界政府難道沒有對您施壓嗎？」

被超厚人牆擠到快要窒息、隨時都會暴走的安赫爾，努力的維持住快要崩垮的職業笑容。一邊被數十支麥克風抵住喉嚨，安赫爾不免退了幾步，記者們當然不甘示弱的如潮水湧了上來。

白火想到的作戰方法固然是賞了世界政府一巴掌沒錯，而且還是力道超強的連環巴掌，但要負責善後的人可是他啊，稍微體諒局長的辛勞好嗎！

「不好意思，失禮一下。」

由於是在管理局外接受訪問，要是被人看見眼角附近的純種烙印必定會引起麻煩，因此平日在外頭時安赫爾多半都會用眼罩遮住右眼。此時受不了媒體的攻勢，決定逃跑的安赫爾假裝調整一下眼罩的位置，藉機把眼罩拿下來，露出擁有烙印的右眼。

他趁記者來不及反應時眨眨右眼，瞳孔一瞬間閃過一抹鮮紅，下一秒，每個和他對上視線的媒體記者都像是時間暫停般動彈不得。

「請問還有什麼問題嗎？」

「……」被緩速的記者們光是張開嘴就將近花了三十秒。

「看來是沒問題了呢！既然如此我就先告退啦——各位記者大人們，期待下次再相見哦！」

安赫爾瀟灑的轉身走進管理局，留下一大群像是被石化的記者們。

——非常好，緩速果然是世界上最美好的能力，純種烙印者萬歲！

這樣打發掉記者真是個絕妙的好方法，然而此時的安赫爾，絲毫沒料到自己今後再次登上了新聞版面。

幾星期後，某家報紙的新聞頭版大大寫了幾個字——

「擁有蛇髮女妖梅杜莎般的神秘右眼——時空管理局局長安赫爾的神秘面紗！」

想當然耳，那又是另一段故事了。

逃過媒體追捕的安赫爾走進管理局一樓公共大廳，「啊——好危險好危險，差點被麥克風刺死。」他搥搥僵硬的肩膀，這段時間還是待在管理局裡避避風頭吧。

「安赫爾，怎麼是你接受訪問？暮雨呢？」路過的芙蕾正好看見安赫爾逃脫記者的魔掌，疑惑問道。

既然是武裝科的任務，受訪人應該是科長暮雨才對，她不懂為什麼局長要衝出去當擋箭牌。

「妳能想像暮雨老弟受訪的樣子嗎？」安赫爾欲哭無淚的回了這句。

芙蕾開始模擬：被人群包圍的暮雨絕對會頂著一張比平常還差一百萬倍的臉色，面對質問只會點頭、搖頭，磨光耐性後還會當場用鐮刀把麥克風全部砍斷，然後因為身上的寒氣太過逼人，攝影機鏡頭一定會被震碎，記者們也會統統變成冰塊。

「……謝謝你，安赫爾，你真是管理局的救星。」一想到暮雨會直接讓管理局變成命案現場，芙蕾語重心長的拍拍他的肩膀。

「只要你們記得局長大人的貢獻……這樣就值得了。」安赫爾裝作拭淚樣。

「不過還是搞不懂啊，ＡＥＦ到底有什麼目的？」芙蕾接著說，她也知道這次任務能圓滿成功，有一大半功勞都是靠那個上次闖進管理局的恐怖分子諾瓦爾，「ＡＥＦ果然和世界政府有關係吧？」

「既然都反管理局了，肯定有勾結吧？說不定還在盤算哪一天雙方要合作把管理局打垮。」

「這也不是不可能。」

作戰成功時，最先闖入主控室的諾瓦爾早就落跑了。說來也是，儘管是和管理局合作，他也不可能乖乖站在那裡被逮，當然是趁情勢一團亂時先逃為妙。

不只是AEF有問題，有關72區軍事基地當然也有蹊蹺。會大費周章在72區搭建基地，表示政府從很早之前就已經有搶回自治區的謀算。然而聽白火表示，軍事基地裡竟然有實驗室之類的設施，裡面還禁閉著與影獸類似的黑影怪物。

雖然想調查，但是世界政府發出妥協的聲明稿之後，刻不容緩的把軍事基地夷為平地，藉此湮滅所有證據。有關神秘實驗室的情報，只能靠暮雨當時隨機應變傳送回局裡的影像。

那些黑影究竟是和影獸相同，是來自異邦的生物？還是實驗造就的不明生命體？至今仍無法判明。

唯一可以知曉的是——那團黑影可以吞噬烙印者身上的烙印。

因為當初闖進實驗室的白火，就是那個被吃掉烙印的倒楣鬼。

★※★◎★※★

「哇塞，這還真是壯烈啊。」

諾瓦爾盯著電視螢幕瞧，前幾天在72區的武力衝突直到現在依然鬧得沸沸揚揚，還可以從現場直播上看到管理局局長安赫爾的臉。

現場直播到一半就跳成黑屏，他大概能猜到原因，十之八九是那個純種局長受不了採訪攻勢，直接把記者緩速然後逃之夭夭。

反觀時空管理局的大獲全勝，被揭出醜聞的世界政府可說是一腳被踢到深淵裡，光是在ＡＥＦ本部都可以感受到從政府那裡傳來的低氣壓，看來是得過一段時間才能平息風聲了。

「要是被政府發現，你就等著被宰掉吧，哈哈哈。」陸昂也湊到電視旁，一副幸災樂禍的指著諾瓦爾大笑。這個紅髮貓眼在武裝科完全壓制基地前就馬上跑了，否則現在絕對被武裝科丟到牢裡拷問。

「吵死了，知情的你們也是共犯啦，到時候就一起被拖去槍斃吧。」

「是說政府手腳還真快呢，一眨眼就把基地拆了。」

「當然，那種見不得人的東西被發現不就死定了嗎？」

「反正總有一天會被拆穿吧？那種黑黑糊糊的影子。」陸昂彎起鳳眸，似笑非笑的看了諾瓦爾一眼，「等等梅菲斯回來了，你要怎麼向他交代？」

知道諾瓦爾協助武裝科打垮政府軍的事情，他們的首領絕對會開始說教模式。首領說教起來簡直比老媽子還可怕，陸昂決定那時候躲在一旁看好戲。

諾瓦爾環住手臂想了想，「我想想──種族和平不分敵我？等你來推動？」

「你是要去做資源回收嗎？」

「不然你有更好的方法？」

「跪下來向他磕頭怎樣？絕對有用哦。」

「那種沒建設性的方法就免了，我才不幹那種有損格調的事。」覺得和陸昂討論根本是浪費唇舌，諾瓦爾決定在首領回來之前先找個地方躲起來為妙。

榭絲卡也走了過來，罕見的端了兩杯咖啡，把其中一杯遞到諾瓦爾面前。

「諾瓦爾，謝謝你。」得知沙族居民得救的消息，她終於換回平時的美豔笑容。

「要謝就去謝管理局吧，我只是把情報交給他們而已，這場勝利是由管理局贏來的哦。沙族那讓人起惻隱之心的真情告白，也是管理局的主意。」

「該不會又是那個白火姑娘？」陸昂覺得事情挺有趣的，也加進來追問詳情。

「是啊，很厲害吧？」

「你該不會就是料到這點才誘拐人家的吧——」

「為什麼老是要扯到那裡去啊？你到底是多討厭我？」

「其實也還好？只是單純看你不順眼而已。」

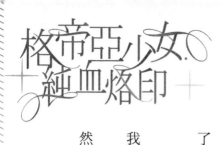

「……總有一天我一定會用你腦袋後面的辮子直接把你勒死，然後把撿來的貓全丟了，給我繃緊神經等著吧。」

不在乎身旁兩個男人充滿硝煙味的氣氛，榭絲卡五味雜陳的盯著新聞報導。

「……是伊格斯特的功勞啊。」她沉思了一會兒，露出有些難堪的笑容，「看來，我似乎對他們有點改觀了呢。」

聽見她這麼說，諾瓦爾也不管即將拔刀砍過來的陸昂，回頭對她笑著說：「那是當然的啊。」

「諾瓦爾？」

「管理局可是在改變呢。」

諾瓦爾露出捉摸不透的神秘笑容，經過這次事件，他心情出奇的好。

不單單是管理局，整個世界，從今以後的未來都將慢慢變更軌道。

★※★◎★※★

暮雨佇立在郊區的夕陽山丘上，若有所思的盯著掌心裡的「某個東西」。

初春漸漸回暖，落日仍添了股晨曦時段的寒氣，每當冷風颳搔著腳下萌芽而出的細草時，低溫也會一併竄進他的衣袖口裡。暮雨深藍色的短髮稍稍飄揚，夕色雲靄加上他的高瘦身影，畫面清麗的宛如一幅畫。

暮雨手中握著某道藍色光芒。

那是自他頸子上鬆解下來的項鍊，項鍊上的精細雕工寶石墜飾呈現奇異的青金色，彷彿吸收著自頭頂灌下的夕陽餘暉般，發出類似是火炬、又比深海還要湛藍的光暈。

——自從那位迷子出現之後……

暮雨心靈底部的栓子好似被拔了起來，流瀉而出的心聲不絕於耳。

自從白火來到這個世界之後，這道青金色光芒中總有著她的身影。

不，應該說每當白火出現在他眼前時，青金色寶石就像是追尋到主人般，散發出遠比平日還要強烈的熠熠光輝。

當暮雨回過神來時，蔚藍的寶石色澤早就和某道銀白色的火焰相互共鳴，交融在晚霞景色之中。

——那個純種迷子究竟是誰？

「你還是一樣那麼重視那顆石頭啊？」

不知何時，一道人影悠然自得的走近他身旁，毫不忌諱的湊近他手中的寶石一看。

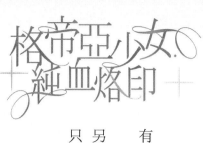

「從小時候就是這樣，只要有心事就會盯著那顆石頭不放。怎麼，一直盯著那東西有想起什麼嗎？」

會知曉暮雨在夕陽山丘的人目前只有兩位，一位是先前尾隨他而來的跟蹤狂白火，另外一位就是安赫爾了。被吃掉烙印的白火目前還在病房裡昏睡，那麼此時來現身的也只剩下那位局長。

安赫爾披著一如往常的醫師白袍，白色大衣在山丘上被曬成了火燒般的橘紅色，他若無其事的扭扭筋骨，一邊喊著：「記者會真是累死了，你欠我一次喔。」一邊開始做出伸展四肢的奇怪運動。

這傢伙是早起打太極拳的老頭子嗎？竟然在風景優美的夕陽山丘做這種既不相襯又可笑的鬼動作，暮雨不免瞪了他一眼。

「你就老實說你很在意人家嘛。」安赫爾喀喀喀的轉動脖子。

「怎麼可能在意。」

「那是怎樣？」

暮雨冷哼了一聲，沒打算回話，並將項鍊戴回脖子上。

每當寶石閃爍青藍色的光芒時，腦中就會無法自拔的浮現起白火的身姿——這種一點邏輯性也沒有的鬼話他怎麼可能說得出口。

「既然這麼好奇，就去見她啊。」安赫爾湊過來繼續搧風點火，「你應該有很多事情想問那個迷子妹妹的吧？再這樣下去真的好嗎？」

「現在去了也沒用。」

「那就等她醒來嘛。」

「我哪知道她會睡到什麼時候。」

「好吧，其實今天早上白火醒來了，我順路去探病時看到的。」沒打算再嬉鬧的安赫爾兩手一攤，「話說回來，早上我似乎聽說記者也想要採訪其他武裝科成員，尤其是最近加入的迷子妹妹——」

「……」

暮雨沉默了幾秒，沉著臉色對安赫爾回了句「你這該死的混蛋」後就掉頭走下夕陽山丘，脖子上掛著的寶石隨著他的俐落轉身於半空中劃出一道弧線。

他隨著這道藍色光芒，消失在夕陽的山腳下。

★※★◎★※★

回到管理局，來到醫療科的病房樓層，暮雨快步且壓低腳步聲的來到「某人」的病房。不請自來的他也沒打算先打招呼，直接走進病房裡。

「要是早就醒來了，起碼告訴我——」

一邊走近病床，一邊發牢騷的暮雨愕然閉上嘴。

病床上的白火正緊闔著雙眼，發出規律而緩慢的吐息。

如瀑的黑色長髮自她腦後散開，垂落在枕頭與潔白的床單上。漸落的晚霞橙光被窗簾遮蔽大半，從玻璃的間隙中滲透而出，落在白火的臉頰上，有點像睡相差勁時留下的壓痕。

——被擺了一道，這人根本從頭到尾都沒有醒來過。

魔鬼科長就這麼靜靜凝視著熟睡中的迷子，心中開始盤算要如何把安赫爾那個騙子丟進時空裂縫裡讓他被攪個稀巴爛。

撲了個空，打算離去的暮雨才剛轉動視線，就聽見床上昏睡的傷患嘴裡正吐出不成字句的低語——

「你……你在哪？你們、人在……哪裡……」

前一刻安睡的白火皺緊眉頭，發出做惡夢般的痛苦呻吟，棉被下的身軀開始扭動。一點一滴，冰冷的汗珠從蒼白的額間分泌了出來。

「是誰都好……我一個人什麼也辦不到，不要把我丟在這裡……」

同時間，暮雨胸口的寶石彷彿呼應這道淒楚囈語般，散發出柔和的藍色微光。

「不要離開我啊……不要丟下我……一個人……」

暮雨凝視著深陷夢魘之中的白火，思考了良久。最後，他沒轍的闔上祖母綠色的眼珠，坐在病床旁的椅子上，默默望著病床上的身影。

呻吟悲鳴的白火彷彿被囚禁在永無出口的迷宮中，試圖攫住救命繩索的她本能似的竄動著雙手，但無論手指怎樣揮舞，卻只能抓住無形的空氣。

暮雨緩緩的、溫柔的握住白火顫抖而竄動的手，將她的手收進掌心裡。

他手的溫度低得嚇人，就算如此，當他那幾乎讓人麻痺的冰冷指尖觸碰到白火時，白火卻心安的鬆懈了神經，緊皺的眉梢化散了開來。前一刻自脣間迸出的夢話停歇，白火再次恢復平順規律的呼息。

夕陽的火紅色澤緩和了初春的寒氣，毫無人聲喧囂，晚風闖入尚未合緊的玻璃窗縫，薄紗的白色窗簾舞動出類似北極光的波紋。

窗簾每移動一寸，橘色霞光就隨著胸口的青金色光芒闖入暮雨的胸臆裡。

安穩寧靜，如夢似幻的時光流洩在兩人之間。

不知過了多久，病床上的人影有了動靜——白火虛弱的張開眼皮。

久睡而恍惚的她直到完全睜開雙眼前又過了一段時間，白火茫然的盯著天花板，笨拙的回想昏睡前的記憶片段，一點一滴，思緒慢慢聚焦，想起自己的烙印被黑影啃蝕掉一塊的她下意識抬起手一看——才發現有個人正握著自己的手。

「終於睡醒了嗎？」連帶著自己的手一起被拖過去，暮雨有些不滿的恢復平日的撲克臉。

「……科、長……」白火轉過脖子，竟然對上魔鬼科長毫無溫度可言的面容，一時間支支吾吾說不出話來的她只好吐出最陽春的兩個字：「……早安。」

暮雨一臉冷酷的表情就像是再說「都這種時間了竟敢還說早」一樣。

「作戰結束了嗎？」

「嗯。」

「不好意思……我睡了多久？」

科長不知怎的心情似乎不太好，抽開前一刻握住白火的手，又是冷哼一聲扭過臉。

「就是愛擅自行動才會被黑影怪吃掉烙印，自作自受，下次我可不會救妳。」

「……對不起。」

「乾脆再用手銬銬住算了。」

「您開玩笑的吧？」

暮雨又哼了一聲：「誰知道。」

直到白火的思緒完全清晰，又休息了一段時間後，她才從彆扭的暮雨口中得知72區救援作戰圓滿結束。

當沙族的演講透過各大媒體轉播時，烙印被黑影啃掉的她正呈大字形昏死在地上。站在她身邊的暮雨本來就沒什麼憐憫心，當然也沒有把她叫起來聽演講。

她在失去知覺的狀態下被帶回管理局醫療科。

軍事基地已經被世界政府自行銷毀，有關黑影和實驗室的真相全數沉入黑暗。長期昏睡之中，她被啃食的烙印也慢慢恢復原狀，現在手背上的烙印並沒有任何損壞的痕跡，身體狀態算是如期康復，不久後就可以重回工作崗位。

「今天的山丘……應該很美吧。」

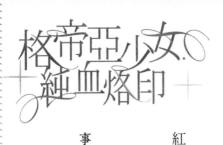

白火挪動身體，背後靠著枕頭，在病床上坐起身。稍早，她拉開了窗簾，落日的赤紅景色映入眼簾，燒灼著一片白的室內病房。

「嗯。」暮雨點點頭，畢竟他才剛從山丘上回來不久。

「我好像忘了什麼，所以……有點想過去看看。」

這麼說來，暮雨想起來了，他以前曾對白火說過這句話：「要是感覺自己忘了某些事情，就過來夕陽山丘吧。」

「科長，您有在夢中看過……藍色的光芒嗎？」

暮雨猶豫了片刻，不知道是否繼續保密比較好，「不記得了，可能有吧。」

白火盯著自己手背上的烙印，已經看不見任何齒痕了，她試探性的稍微一使力，隨著闃黑的眼珠子轉為赤紅，掌心上竄出了一團銀白色火焰。

看來烙印力量也平安無事。

「剛才……我好像做了個夢，有點記不太清楚細節了。」白火像是自言自語似的侃侃而談，「在夢裡，我被關進一個黑色無光的空間，我一直跑、一直跑，但是都找不到任何人……這時候，眼前出現了一道藍色光芒。」

照理來說暮雨可以當場走人，沒道理聽這種不明所以的夢境內容。然而，他稀奇的坐在原地不動，不發一語聆聽著。

「我隨著那道光芒一直走，卻怎樣也沒辦法觸摸到那道光……這時候我抓住某個人的手，四周的黑暗不見了，我也醒了過來。」白火垂下眼睫，凝視著自己冰冷的指尖，而後抬起頭來對他虛弱一笑，「謝謝您。」

暮雨向來冷漠的神情沒有變化，只是比起最初那副生人勿近的刺蝟氣質，此刻倒是褪去了幾分偽裝。

「……臺灣的養父母對我很好，我很想念他們。」白火突然說道。

「嗯。」

「但每當想起他們時，就有股說不上來的怪異感，壓得胸口喘不過氣，我似乎……忘了很重要的事。」她下意識壓抑著每當想起回憶時就會隱隱作痛的胸口，「所以我想……來到公元三千年，不盡然全是壞事。」

「跟我說這些做什麼？就算妳想待著，總有一天還是得回去的。」

「要是回不去呢？」

「我會把妳送回去。」暮雨絲毫沒有挽留的意思，「妳的歸屬不在這裡。」

「那麼……在回去之前，我會好好加油的。」白火沒有被擊退時該有的沮喪，反而是無奈的笑彎了眼眸，看來她也習慣魔鬼科長的性格了，「再次請您多多指教了，暮雨科長。」

「隨便妳。」

「對了，您來找我是有什麼事嗎？」

暮雨沉默了片刻，「……我來回答關於上次的事情。」

「上次？」

「前陣子妳問過我吧，我們兩個是不是曾經在哪裡見過面。」

暮雨是指之前影獸奇襲管理局、他被送進醫療科治療手臂傷口之後的事情。那時的白火下意識問了句「我們是不是在哪見過面」，這疑問怎麼聽都莫名其妙，當場被暮雨否定了。

時代相差將近一千年的兩人，怎麼可能會在哪裡接觸過？

他原本是這麼想的。

然而，昔日的記憶卻隨著時間，不安分的竄動上來。

暮雨閉上眼，當他重新睜開眼睫時，平時冷若冰霜的面容此刻更添了股鋒芒，讓白火一時看傻了眼，她從沒見過他露出這種神情。

「科長？」

「我想是有的。」

暮雨直視著她的眼瞳，篤定的說道——

「妳、我，甚至是諾瓦爾，我們三個人……一定曾在哪裡見過彼此。」

《格帝亞少女～純血烙印02在未來世界賭命工作吧！》完

番外．第二分局的鬼故事

這是72區救援作戰結束後所發生的小插曲。

「艾米爾最近怪怪的。」

某天午休，鑑識科的芙蕾突然跑來樓下的武裝科閒聊。她平日也不算愛聊八卦的性格，會特地跑下來打開話匣子，想必是發生了什麼事情。

「怎麼了嗎？」白火關心一問。艾米爾好歹也是當初救助她這個迷子的恩人，如今對方狀況不佳，她也想知道自己能不能幫上忙。

「其實也不是什麼大事啦。就是常常盯著天空發呆，眼神空洞，然後會對著空氣說話而已。」

白火差點把嘴巴裡的水噴出來，「那不是超嚴重嗎？！」

「上次搭救迷子時好像又恍神，差點被時空裂縫吸進去。」

幾次精神衝擊下來，白火還是不太懂公元三千年未來人所謂的「大事」程度究竟該從何定義。這群未來人的神經根本粗到剪刀也剪不斷。

總之，人是平安無事，芙蕾也沒打算管太多，「另外，你們有聽值夜班的人說嗎？最近到了深夜，管理局內好像會出現怪事。」

芙蕾也是聽同事說的，最近每到深夜，管理局內部似乎會傳來詭譎的窸窣聲。

那難以用言詞描繪的雜音有時像是哭聲、有時是跫音，也有幾次讓人誤以為是唇齒撞擊的嗤笑。深夜的第二分局屢次傳出此等怪異聲音，只是每當值班人員抵達音源處時，又尋不到任何蛛絲馬跡。

除此之外，每當奇妙的腳步聲響起，必定會伴隨像是玻璃迸裂出碎痕，燈泡突然啪一聲熄滅，或是廁所鏡中的倒影自己舞動起來等等難以用科學解釋的超自然現象。

「大概就是這樣，如果真的遇到了，你們自己小心點。」畢竟是傳聞，多少有加油添醋的可能，芙蕾也沒多在意。

反觀她的淡定，不遠處有個橘髮娃娃臉縮著肩膀，把身體卡在檔案櫃和牆壁之間的隙縫裡瑟瑟發抖。

「哼、哼……說什麼沒科學根據的鬼話，我才不相信那種東西，什麼聲音……只是風聲啦，風聲！是大夜班的自己太累才會出現幻覺……玻璃碎掉是熱脹冷縮……」

膽小鬼路卡今天也沒有辜負大家的期待，把身體卡在縫隙裡又哭又喊。

白火這下總算知道芙蕾為什麼要特地繞過來警告他們鬧鬼事件了，多半就是為了看路卡的反應。

不出所料，芙蕾眨眨鏡片下的眼睛，不懷好意笑了幾聲，「路卡，你害怕呀？」

「說什麼鬼話！我才不怕！」

除了路卡外，似乎沒人對靈異現象感到恐懼。

說來也是，武裝科裡可是聚集了比幽靈還可怕的怪物們，行事作風向來佛擋殺佛，聽見這種毫無邏輯的靈異事件，大家的反應頂多也是「喔」、「這樣喔」、「干老娘屁事」而已。

旁邊的荻深樹倒是很捧場的高喊了句：「欸嘿嘿嘿！那不是超有趣的嗎！」

於是，剛加入管理局不久的白火提出疑問：「管理局以前有發生過這種事嗎？」公司行號啦、校園等地方，不都有流傳鬼故事之類的嗎？

「以前確實有，半夜看見有奇怪的黑影在飄。」芙蕾想了想，前幾年好像確實發生過鬧鬼傳聞，「結果經過調查後發現那東西不是鬼，是暮雨。」

「……」白火閉上嘴。

就某方面而言，那應該是比鬼還可怕的東西吧。

「午休時間差不多結束了，那我先回去了。」閒聊到一個段落，芙蕾看看手腕上的錶，「那我先走啦。」反正今天也看到路卡的窩囊樣，目的達成就先閃人吧。

芙蕾離開後，白火頗有同情心的走到櫃子旁邊，問：「你沒事吧？」

每天被當成大家的玩具也真是辛苦他了，看著那張逞強嘟起嘴、眼角還泛著若有似無淚水的娃娃臉，她好似看見什麼小兔子的錯覺，有點想伸手去摸。

「說說說、說什麼傻話……我又不怕！別笑死人，那種非科學的東西，我怎麼可能相信——」路卡故作冷靜的乾笑幾聲，躲得太深的緣故，差點卡在縫隙裡出不來。

好不容易掙脫出來後，幾次辯駁下來也有些渴了，路卡下意識拿起保溫杯，杯緣對上嘴脣前，他瞄到本該透明的水面倒影裡竟然出現了一張臉。

不是他自己的臉——他可沒蠢到這種地步——是女人，有張女人的臉在對他笑。

「嗚、嗚啊啊啊啊！這什麼鬼東西！」有人！平常可以看到保溫杯底部的水裡竟然有人！

「路卡，怎麼了嗎？」

「我、那個、嗚……！」

驚嚇到差點咬舌頭，但是在唯一的晚輩面前又不能有失風範，幾番天人交戰之下，路卡還是相當沒骨氣的把保溫杯塞到白火手裡。

白火一看，只有水，「保溫杯怎麼了嗎？」

「果、果然只是錯覺……」路卡苦悶著被嚇到慘白的臉，不信邪的又朝杯子裡看一次，「嗚啊啊啊啊！」又是一張女人的臉映照在水面上對他發出冷笑。

光是看見那張隨著水波紋路變得模糊的女人面容，五官被捲成漩渦，當他回過神來時，他早就混雜著不知是哪國的髒話和慘叫把保溫杯扔了出去。

保溫杯迴旋著朝門口飛去，還沒濺出水來，就相當戲劇性的被劈成兩半！

曾經被誤認為是午夜惡鬼的暮雨徐徐從門口走進來，手上還握著前幾秒召喚出來的鐮刀。被他劈成兩半的鋼製保溫杯形成相當流利的垂直切面，彷彿開殼的核果似的咚一聲落在地上。

裡面的水當然沒有飛濺而出，畢竟全都變成冰塊了。

「做什麼？」蓄意謀殺嗎？一進門也不懂狀況，只感覺有東西飛過來就把它劈了，暮雨眼神銳利的追問究竟是哪個不怕死的傢伙把東西扔過來。

路卡連忙把抬高的手收回來，佯裝若無其事的縮在地板上，他怯生生的偷瞄了一眼躺在地上被劈成兩半的保溫杯，當然還有裡面的冰塊。

凍結的水面上沒有映照出任何人臉，多半是被八字超重的科長嚇跑的緣故。

登時鬆了口氣，但是一想到這絕對只是一連串噩運的開始，「科長，救命啦——」路卡連滾帶爬的爬到暮雨腳邊，抱住他的大腿開始哭。

然後，他馬上被一臉莫名其妙，但依舊冷酷撲克臉的暮雨一句「礙事，走開！」踢到旁邊去。

★※★◎★※★

以此為序曲，路卡．伯恩面臨了人生二十二年以來最大的生命危機。

水中的女人倒影彷彿引信，一連串難以解釋的災難接連襲擊路卡。

一開始相當輕微，頂多只是鬧鐘沒響導致遲到被科長揍、被拍了下肩膀回頭卻沒人、耳鳴聽見奇怪的笑聲和呼息等等。但是接下來，情況卻變本加厲，窗邊閃過不明黑影、燈泡莫名迸裂、走在路上會有花盆或垃圾桶蓋橫飛過來，或是突然被人推一把滾下樓梯，前陣子過馬路時還差點被半路殺出來的貨車碾成肉醬。

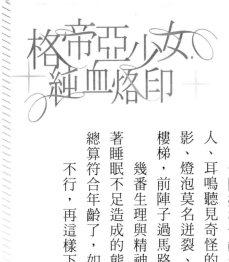

幾番生理與精神交替的衝擊下來，路卡一星期內歷經了無數次生死一瞬間，兩眼掛著睡眠不足造成的熊貓眼，面色憔悴的緣故，平日看起來比艾米爾還年輕的娃娃臉這下總算符合年齡了，如今他也只能拿這點苦中作樂。

不行，再這樣下去只能問神拜佛了，什麼民俗療法傳說都可以，去找什麼神棍來改運也行，總之他非得要改善這種隨時出人命的慘況……

某天睡前，路卡攤高從洗衣機裡剛拿出來的衣服。

「……」

眼前一塵不染的潔白襯衫竟然……多出了個血手印。

「到到到、到底是怎樣啦！」真的哭出來的他把衣服甩回公用洗衣機裡，對著空氣嗆聲：「我低調活著到底得罪誰了啦！妳、妳這種不科學的東西，有事情就當面說啊！我才不怕妳……我怎麼可能怕妳！」

——才怪，我超怕啊！好想回老家啊！

不曾有過遊子思鄉情的路卡幾乎是哭著喊出這句哀號，洗衣機蓋子一甩就逃回自己房間，鑽進被窩裡睡覺，當然不敢關燈。

把被子蓋住頭部，蜷縮成高麗菜捲的狀態，路卡今晚也抱著恐懼恍惚入眠。

儘管再怎麼害怕，身體機能依舊會感到疲累，幾個小時之後，他吐出矇矓睡夢中的鼾息。

眼皮外的世界宛如黑夜，奇怪，他不是把燈開著嗎……睡前牢牢裹住身體的厚重棉被，似乎在矇矓睡眠中鬆脫了開來，他扯過幾乎被踢到腰際的棉被，翻身吐出一口惺忪呼氣。

「嘰軋——」

床墊發出彈簧壓縮的聲音，身體躺著的床墊不知怎的稍微凹陷，路卡像是海上的木板一樣載浮載沉，他才一翻身，前所未有的震懾感像是荊棘般爬滿他的身軀。

有股力量扯開棉被，不偏不倚扼住他的咽喉。

「……嗚！咳、咳！」呼吸一窒，路卡瞠大翠綠色的眼瞳，驚惶未定的摸向自己的脖子，「你、誰——」握到一隻手，有隻手正掐住他的頸子，毫不留情的收緊虎口。

當他意識到有個「人」爬上他的床，壓在他身上掐住他時，已經是腦袋缺氧數秒後的事情了。

「不准逃走……我不會原諒你，羅伯特，掐死，你。」黑影繼續加重力道，貼近他耳邊低語。

一瞬間逼近的臉孔，在漆黑狀態下路卡只能勉強看出是個相當普通的人臉。

「羅伯特？你、你誰啦！走開啊啊啊啊——」他明明已經鎖門了，而且因為超級害怕，還額外加裝了三道鎖啊！這鬼東西是怎麼闖進來的？

「負心漢……丟下我一個人……負心漢！」

「咳咳、咳咳！給我……放手！」缺氧造成臉部漲紅，他沒閒暇顧及眼前這團黑影究竟和一連串靈異現象有無關聯，腳隨著扭動的身體一甩，把壓住自己的黑色塊狀物拽到床下。

——摸得到，所以是……人？而且這聲音好耳熟……

路卡嗆出眼淚，一面撫著自己被掐出血痕的頸子，還來不及找武器抵抗，才剛被甩出去的人影彷彿橡皮一樣又彈了回來，攀上他的肩膀。

「去死……和我一起……去、死、吧。」冰冷的指尖刮搔他的鎖骨，黑影的臉這下總算正面對上路卡的眼瞳。

路卡終於適應黑暗的眼睛明確的看見了，透過落地窗外撒入的淡薄月光，前方要將他置於死地的鬼影有著一頭弧度恰到好處的短髮，以及天使般的秀氣面孔。

黑夜下他分辨不出顏色，卻百分百確定對方是一位金髮藍眼的稚氣少年，畢竟——

「艾、艾米爾？！」

私闖民宅想掐死他的怪人竟然是早上才見過面的同事啊啊啊啊！

「去死吧！不會饒過你！」

「為、為什麼啊！艾米爾？！你、你到底——嗚、嗚哇哇哇！」話還沒說完，路卡連滾帶爬翻身，透過彈簧床的彈力跳起來。

一發子彈打在他前一刻待的床墊上，艾米爾手上閃爍著格帝亞烙印的輝芒，陰狠的吹開手槍上的白煙。

那抹湖泊般的瞳孔不可能露出如此惡鬼般的眼神，路卡腦中剎那閃過兩個想法——

第一個：這傢伙真的是艾米爾嗎？

第二個：要說艾米爾是不是老早就對他心存殺意……好像也不是不可能。

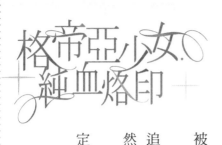

無法探究金髮少年的真意，路卡趁著第二發子彈射過來前，「對不起了！」手中棉被一扔，一團白花花的厚重布料砸上艾米爾的臉。

擔任遠方支援任務的路卡根本打不贏持槍的少年，本來想趁對方陷在棉被裡時趁勝追擊將其壓制在牆上，沒想到他還沒反擊，棉被又傳出不妙的「砰」一聲——艾米爾竟然在裹著棉被的狀態下胡亂開槍，子彈擦過他的臉頰，打到後面的牆上。

路卡抹掉臉上的血痕，「這鬼東西到底是什麼啦！」一打從心底覺得無法獲勝的他決定三十六計走為上策，撞開房門落跑。

穿越房門時他還發現，自己加上的三道鐵鎖全部斷裂，究竟是哪來的怪力？

「羅伯特，給我站住！」

艾米爾此時也掙脫了棉被，咬緊牙齒俯衝過來，速度快得簡直像是在跑百米。

外頭掛著漫漫黑夜布幕，漸沉的黑夜中，兩人就在武裝科的男宿走廊展開詭異至極的追殺大戰。

或許是武裝科科員意外好眠的緣故，竟然沒有人被這陣騷動吵醒。

咽喉上的傷口像是火燒，反應著長跑下來的喘息，路卡只覺得喉嚨被上了一圈烙鐵燒印，「艾米爾，你到底是怎麼了啦！」全身痛得像骨頭散架，但是一停下來絕對會被殺掉，他驚恐的朝後一瞪，發覺被拉近距離後又死命向前衝刺。

固體碎裂的聲音彷彿閃電般穿過走廊，艾米爾衝刺而過的地方，不知怎的窗戶玻璃和燈管全碎了，玻璃像是雨點嘩啦啦的落在走廊上。

「荻、荻深樹！救命啊——」臨死之餘，路卡不知道為什麼竟然喊出了通訊官的名字，可能是覺得那女人平時虧欠他太多，是時候還人情債了，「荻深樹……荻深樹！救救我！」

「……荻深樹？」身後追逐他的艾米爾聽見這名字竟然停下腳步，發出低沉到不像是少年的嗓音。

「荻深樹，這次又是別的女人嗎……那女人的名字，我聽過。」艾米爾湛藍的眼眸橫掃了不遠處的路卡一眼，不知怎的，竟然方向一轉，朝走廊的另一端跑去。

看著疑似中邪的少年再次遠去，路卡非但沒有撿回一命的僥倖，反而頭皮發麻。

「你要去哪裡！」毛骨悚然的預感襲擊他的神經，那個方向是武裝科的女宿啊，艾米爾想做什麼？

聽見金髮少年不斷喃喃著荻深樹的名字消失在走廊盡頭，「那女人……荻深樹有危險！」一向來怕死的路卡也不知哪裡萌生出的勇氣，好不容易逃過死劫，竟然又硬著頭皮追了上去。

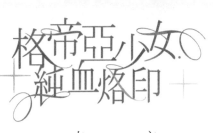

拐了幾個彎，穿越樓中樓，抵達隔壁棟的武裝科女性宿舍。這次官兵抓強盜的遊戲主從關係大翻轉，變成路卡追著艾米爾穿越暗夜中的走廊。

「荻深樹……饒不了妳，殺了妳這女人再來處裡掉你這渣男！」

艾米爾是個接受過良好教育、氣質出眾的優雅少年，因此當他吼出這種粗話時，路卡差點以為自己其實根本在做惡夢，現實生活他其實還睡死在床上。

金髮少年迅速轉動眼珠子，查看每間房門的名牌，果然在看見其中一扇門板的名牌後，二話不說用槍托敲壞門把，抬起腿，使盡全力踹破木門板衝進房裡。

「給我滾出來，妳這搶我男人的賊貓！」

「其實你是雪莉吧？！」爆粗口爆得這麼自然！剛才還有點迷茫，此刻完全清醒的路卡見到這一幕終於崩潰了，「在這種噪音下為什麼大家還能睡死成這樣……荻深樹，快醒來！」

第一次來到女性房間竟然是像這樣不請自來，對象還是惡名昭彰的通訊官，路卡暗自在心中哭泣了幾秒。他的聲譽之後可能又要下跌了。

艾米爾踹壞的門扇像是骨牌一樣倒在房內，掃壞距離最近的書桌，通訊官視為第二生命的筆電和重要儀器沒受到波及，倒是紙本文件被門扇倒下的風壓一掃，白花花散落一地。現在白紙資料上還印著艾米爾的二十四號鞋印。

面色猙獰的金髮少年梭巡室內，毫無悔意的哼了一句：「超亂的房間。」地上竟然還放著意義不明的積木，他一腳踹開玩具小車子，往床邊走去。

觀察著呈大字形睡死在床上的女性通訊官，艾米爾嘖了句：「睡相真差，這種女人到底哪裡好啊？」手槍喀的一聲，將槍口對準張嘴打呼的通訊官臉上。

藍色瞳孔閃爍著夾帶殺意的光芒，瞧著反射月光的金屬槍身，一股寒顫竄得路卡四肢百骸發冷——這少年是認真的。

當他領悟到這個事實，身體又自己動了起來，「給我適可而止！」潛伏在血液裡的膽小鬼基因登時無影無蹤，路卡一躍，往艾米爾側腰踹了下去。

子彈同時間發射而出，掠過荻深樹的鼻尖，在牆壁上開了個孔。

金髮少年撞上窗邊牆壁的同時，找到支點的路卡也降落在床上。床鋪上如今搭載著兩個人，因為床墊凹陷而感到不適的荻深樹一邊呻吟、一邊翻身繼續睡。

「荻深樹，不要睡了，快醒來！」這女人是吞了安眠藥嗎！瞪著睡成死豬的隊友，窗戶那邊的黑影又像是遊魂一樣飄了過來，路卡只好按住荻深樹肩膀將她往床上壓，把自己的身體當成擋箭牌。

「我沒看、我沒看，我什麼都沒看到……」直接貼在女通訊官穿著背心而顯露出來的肌膚上，觸感格外柔軟，紅著臉不知道該把視線擺哪的路卡偏過臉，想當然耳又對上行屍走肉般飄過來的艾米爾，嚇得又低下頭來瞧著荻深樹，反反覆覆覺得自己快精神分裂了。

這時，他身體下護著的女性總算有了動靜。

「吵死了，三更半夜的到底是誰啊……」荻深樹打了個呵欠，索性翻身繼續睡，才感覺肩膀被人壓住，這下終於悶悶的睜開眼睛。

她就在這櫻花色長髮垂散而開、穿著輕薄睡衣的狀態下，和壓在她身上的路卡四目相接。

「……」

「……」

「……晚、晚安啊，路卡小夥伴，你還真熱情。」向來沒神經可言的怪人通訊官這下子也一時語塞，這超近距離的男上女下姿勢好像有點不太妙，剛睡醒的大腦連忙開始運轉，「這什麼？最新整人企劃？」而且她還是被路卡整的那一個？也太有新意了吧。

終於等到她睡醒的路卡只覺得一陣鼻酸，「嗚，妳終於醒了……快趴下！」

感動沒有持續太久，一道有別於子彈的片狀黑影砸了過來，四個角旋轉飛舞，彷彿迴旋鏢一樣掃過路卡抱住荻深樹而壓低的後腦杓，撞上牆壁碎成兩截。

「啊，人家的筆電！」幾乎被路卡的身體擋住視線，然而瞥見床邊那堆碎鐵塊，荻深樹一眼就知道那是她新買的最新型號筆電，連忙吼了回去：「混蛋，你做什麼啊！」資料來不及灌進去就斷成兩截，新型很貴的啊！

「趴下啦！」

後方有個惡鬼艾米爾，床上又得制伏荻深樹這個野丫頭，無關於生死之憂，路卡已經開始埋怨自己上輩子究竟做了什麼罪大惡極的壞事，現在才會遭遇這種因果報應。

外觀再怎麼一臉稚氣，他好歹也算男人，輕而易舉就制伏住荻深樹亂揮的拳頭，抓住她細瘦到彷彿花莖的手腕，翻過去，露出手臂上一道奇妙的玄色刺青。

艾米爾見筆電沒砸死人，又重新把槍枝上膛，打算再來幾發子彈。

「路卡小夥伴，你做什麼啦！」

「不要囉嗦，武器給我！」

沒時間了，路卡握住荻深樹的手，湊近她的臉大喊：「相信我！」

荻深樹罕見的閉上嘴，回握住路卡的手，剎那間，手臂上的格帝亞烙印閃爍出銀白色光芒，路卡伸手捕捉住空中的銀色絲線，光線在手中化為形體的瞬間，他手一甩，把那道光射了出去。

銳利如鋒芒的銀色光輝穿透艾米爾的肩膀，刺進衣袖裡，使得他被迫往後退。回過神來時，一把短刀早已穿透他的肩膀衣袖，咚一聲把他釘在牆上。

「你這小鬼到底玩夠了沒啊！開玩笑也該有個限度！」路卡難得也火大了，跳下床揪住他的衣領，然而再怎樣他也不太敢對小孩動粗，像科長那樣一腳把人踹下三樓陽臺也不太妥當。

於是一聲清脆耳光聲閃過天際，他揮了艾米爾一巴掌。

這巴掌力道不小，艾米爾留有紅印的側臉整個歪了過去，身體像是斷電一樣垂了下來。由於荻深樹的短刀還卡在牆壁的緣故，他這副模樣有點像是剛被釣上岸的活魚。

「嗚……怎麼回事……」艾米爾發出吃痛呻吟，下意識摸摸自己一片毒辣的臉頰，滲出一片血。

他抹過嘴角，看見指尖沾上的血，又發覺另一手握著已上膛的手槍，艾米爾機警的扣下安全鎖，確認槍口的溫度，尚存一點溫熱。

路卡警戒的壓低眼神，這小鬼看來是安分下來了，但還不能大意。

「路卡……先生？」先前失焦空洞的眼神如今變回明亮的湛藍色，艾米爾抬起頭來就看見熟悉的娃娃臉，「到底發生了什麼事？為什麼我會……這裡是哪裡？」

「荻深樹的房間。」路卡沒好氣的瞪了回去。

「我房間。」不知道什麼時候從床鋪爬下來的荻深樹也貼過來湊熱鬧，順便拔掉牆上的刀，收回烙印裡。

重獲自由的艾米爾保持鎮靜的張望四周，根本只能用杯盤狼籍形容，木門脫框掉到地上還破了個洞，地上有著斷成兩截的筆電和無數張白紙，牆上則有著彈孔。

時鐘顯示著深夜兩點。艾米爾一瞥荻深樹清涼的睡衣姿態，最後把眼神停在路卡身上。他大概明白發生什麼事了。

「路卡先生，我真是看錯您了，虧我還相信您為人正直……」竟然會在半夜偷襲女性通訊官什麼的……

「這句話你對著鏡子講啦！」路卡聽到差點沒再賞他一巴掌。

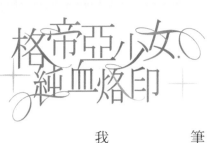

「所以說到底怎麼回事呀？」半夜被吵醒的荻深樹打了個噴嚏，披件外套走回來，中途還不以為意的踩過地上的文件，看來本身也不是多在意房間變成垃圾堆，「對了，筆電的事你要負責喔。」她對艾米爾追加了這句。

這兩人到底在說什麼啊？艾米爾歪扭著脖子。

「……你真的什麼都不記得了？」

凝視著路卡的眼神，向來敏銳的艾米爾總算察覺到不對勁，「該不會……這些全是我做的吧？」他指了指淪為災難現場的房間內部。

這時，路卡眼尾掃過了一道餘光。

不怎麼配戴飾品的艾米爾，指節上竟然環了圈銀白色的戒指，「這是什麼？」路卡抓住他的手端詳，相當普通的戒指，沒有鑲上任何寶石或玉塊，散發出微弱的光輝。那抹光，不知怎的，和剛才眼神空洞的艾米爾——眼裡的輝芒有幾分相似。

「啊，這個……沒什麼，說來話長。」艾米爾溫和而果斷的縮回手，護著手上的戒指，「明天吧……明天我會向你們好好解釋的。」

冷靜下來後，路卡總算想起先前那股違和感究竟是什麼了。

當時的艾米爾就像是——被什麼東西附身了一樣。

★※★◎★※★

隔天早上，荻通訊官被夜襲的消息立刻傳遍了整個管理局。詭異的是肇事者艾米爾沒事，反而是局長攀上路卡的肩膀調侃道：「你是新一代紅髮貓眼嗎？」世界實在有夠不公平。

殊不知遠方的諾瓦爾在此時打了個噴嚏。

「你感冒喔。」陸昂意外體貼的問了句。

「可能最近冷到了。」諾瓦爾吸吸鼻子，繼續埋首於工作中。

大略修復一下荻深樹淪為廢墟的房間，盡量壓下風聲後算是結束這場騷動。

過了下班時間，路卡和荻深樹按照約定時間抵達管理局的後花園。

等待了片刻，艾米爾也抵達目的地。他們本來約定好要在今天請艾米爾解釋來龍去脈，不知怎的，這位金髮少年卻又帶了一位局外人過來。

「百里醫生？」路卡看著艾米爾帶來的紫髮少女，有些驚訝的問道。

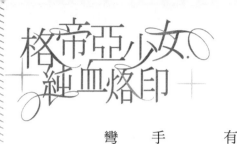

眼前這位看似十六歲左右的年輕女孩可是管理局內的醫療權威，是罕見的異邦人，有別於稚嫩的外貌，年齡可是和朔月一樣至少為三位數。

「咱來幫忙，事情辦完就走。」

連百里醫生都出動了，到底是多麼嚴重的事情啊……路卡下意識瞄了一眼艾米爾的手，果然那枚戒指還在。

「很抱歉，昨天會做出這種失態的行為，實在是給大家添了麻煩……」艾米爾深深彎腰致歉。

「沒關係啦，你不是都幫我把門卡回去了嗎？」荻深樹相當豁達的拍拍他的肩膀。

「你最近到底怎麼了？」路卡問道。上次聽芙蕾說艾米爾最近心不在焉，走路還會撞到柱子什麼的，而且一連串靈異現象也是以他為中心開始爆發。

「請聽我娓娓道來吧，這個是前陣子回收的時空碎片。」艾米爾拿下手上的戒指，遞給了路卡。

路卡仔細端詳這枚戒圍細小的戒指，裡面似乎刻了什麼名字。這是一枚女戒，真虧艾米爾能戴上去。不過他戴別的女人的戒指做什麼啊？

「這枚碎片的持有者生前有著強烈情感，力量過於強大，導致持有者死後，靈魂仍附著在這枚戒指上。」

「簡單來說就是幽靈附在戒指上？」

「是的。」艾米爾點點頭。

「喔，這樣喔……」什麼嘛，原來是走這種了無新意的老梗套路，路卡相當不以為意的透過戒指圈圈看著頭頂上的黃昏，短路了幾秒才驚覺脊椎發麻，尖叫著把戒指丟出去：「嗚啊啊啊啊！你說幽靈黏在上面！我才不相信，不要騙我！」

「沒有騙您，是一位名為莉莉絲的女性。」

「你怎麼知道對方的名字！」

問下去之後路卡馬上後悔，這個走向好像有點不妙，非常不妙。

「……當我回收這枚時空碎片時，莉莉絲小姐就顯靈了。」艾米爾毫不賣關子的繼續陳述，「我也是第一次發現自己好像有特殊體質，想說見面也是種緣分，就和她對談了一下。」

「喔、喔。」這絕對不是什麼好緣分啊，艾米爾。

「莉莉絲小姐似乎有個說什麼也想達成的心願，若未完成，就不願投胎轉世。實在有點可憐，所以我就答應把身體借給她了。」

「……」路卡腦袋放空了三秒左右，「所以昨天是那個女鬼！」

「真的很抱歉，我也沒料到她會情緒失控成那樣。」

路卡內心吐槽道：究竟是什麼滅世等級的恐怖遺願，才會讓那女鬼半夜偷襲我，順便一起幹掉荻深樹啊！

「至於最近發生在我身邊的靈異現象，好像也是莉莉絲小姐的影響……不是什麼大事，我就沒告知大家了。」頂多就是燈泡或玻璃碎掉，半路有奇怪的黑影黏過來而已，都算小事，反正半路飛過來的花盆和垃圾桶蓋都會奇妙的拐個彎閃過他，正中後面的路卡，沒事沒事，完全沒有給他人造成困擾。

「……你這樣把身體借給幽靈沒事嗎？」

「沒事的，莉莉絲小姐是個相當溫柔的人，而且很健談喔。」艾米爾笑著搖搖頭。

這下子又有一個謎題解開了，看來艾米爾最近對著空氣說話的真相就是在和女幽靈聊天。

聽著這奇妙的發展，荻深樹也舉手發問：「我說，那個女鬼小夥伴現在在哪？」

「在路卡先生後面。」

「嗚啊啊啊啊！不要說出來啦！還有為什麼在我後面！」

「沒事的，莉莉絲小姐已經把磚頭收回去了。」

路卡冷汗直流的朝頭頂一瞪，果然一塊被夕陽燒得火紅的磚塊在他頭上飄，飄了幾圈後又失去浮力掉回地上，「什麼鬼東西啦！」所以這幽靈本來要拿磚塊暗算他是嗎！

「剩下的還是讓當事人和你們碰面比較妥當，所以咱也來幫忙了。」站在一旁的百里醫生滿不在乎的瞅了差點後腦杓破洞的路卡一眼，「畢竟不是所有人都和艾米爾一樣瞧得見呀。」

身為異邦人的她似乎有什麼神奇魔力，接過路卡手中的銀戒指，將掌心的某種熱源與光能灌注到戒指裡，戒指就騰在半空中。

百里醫生腳下浮現出某種奇異的民族圖騰，半晌，戒指飄浮的位置竟然慢慢浮出了一道人影。首先，人影仍然是可以看透到對面景色的半透明狀態，接著人影逐漸清晰，最後，一位深褐色長髮的女性彷彿投影般出現在大家眼前。

當然，幽靈沒有腳，所以這名女性也沒有腳。

「各位好，我是莉莉絲。」

該說是不合宜，還是家教滿分，女幽靈第一個動作竟然是向大家行禮。

她彎腰後重新抬起頭時，看見那張蒼白如紙的面容，路卡的惡夢又重演了。

「是水裡的那張女人臉！」是之前不管在保溫杯裡、洗衣機裡、浴缸裡、還是窗戶上都會看到的女人臉啊啊啊啊！

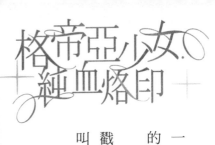

「你們自個兒聽當事人說唄，咱還有事，先失陪了。」百里醫生稍微向艾米爾交代一下現形圖騰的後續處理，就先去忙其他工作了，離開時她還摀著耳朵，看來路卡尖叫的分貝真的不小。

「哇塞，超酷炫的耶。」公元三千年的高科技也抵不過異邦人的超強投影，荻深樹戳戳女幽靈的身體，果然指頭穿了過去，她還是友善的伸出手，「妳好，我是荻深樹，叫我荻通訊官就可以啦。」

「妳是……羅伯特的新女友嗎？」

「嘎？」

「艾米爾，既然女鬼都現形了，你也想幫她實現遺願，那我可以走了吧？」艾米爾被附身的謎題解開了，也成功目睹女鬼顯靈的神蹟了，完全不想蹚渾水的路卡現在只想回家睡覺忘記這毛骨悚然的撞鬼經驗。

金髮少年卻搖搖頭，「那可不行，這願望和路卡先生也有關。」

「嘎？！」

「什麼願望呀？」

「莉莉絲小姐，您就自己說吧。」

莉莉絲點點頭，將手中的戒指推了出來，**「……這枚戒指，是未婚夫送給我的。」**所謂女人性格如戲，稍早還算溫馴的她一提到未婚夫這詞，臉色竟然一瞬間化為猙獰猛獸。看見那恐怖女鬼的面容，路卡再次恍然大悟，這不就是某次他在夜裡路過窗邊時，突然朝他貼過來的女人臉嘛！

「但是那個男人對我許下承諾後，馬上就毀婚和其他女人跑了……我一路追查下來發現他是個劈腿慣犯！」莉莉絲說到情緒激動點，終於憤怒到哭了出來，**「我絕對饒不了那個欺騙少女心的混蛋！我要他付出代價！但是我，卻在復仇之前就死了……」**

不知道是第幾次的警鐘響徹了路卡的耳朵，「等、等等，那個壞男人的名字該不會就叫做——」

「羅伯特。」艾米爾相當殘酷的宣告，「或許是命運愛作弄人，他和路卡先生的長相如出一轍。」

「我就知道！」所以他這陣子早上被鬼嚇、晚上被鬼掐，玻璃碎片掉滿身，衣服出現血手印，閃過垃圾桶蓋後又被盆栽砸到，現在又遭到女幽靈的糾纏，完全只是因為他長得像那個壞男人嗎！這世界還有沒有天理啊！

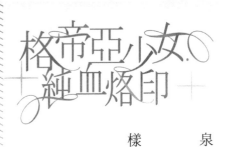

「……總而言之，事情就是這樣。莉莉絲小姐也明白羅伯特先生早已年老而命喪黃泉，怎樣也無法報仇了，但是看見路卡先生的臉，理智果然還是贏不過衝動……」

艾米爾有些憐憫的看著哭得抽抽噎噎的女鬼。

「我看這樣下去也不是辦法，所以才會答應協助莉莉絲小姐。於是就演變成現在這樣了。」

「所以你把身體借給女鬼用了？你是打算怎麼幫她實現願望啊？」

「我想說既然是路卡先生，揍個幾拳應該也無傷大雅……」

「你到底是不是人啊！真想看看你的血是什麼顏色！」長得一副人畜無害，結果切開來都是黑的，路卡聽了差點想拿狙擊槍把這少年連帶女鬼一起轟了。

「我……我也不想這樣啊！遷怒一個局外人，我也很慚愧啊！」莉莉絲哭得更大聲了，她抬起頭吼道：**「但是看到你那張臉，新仇舊恨還有他在外面養的那些女人的面孔全部一起浮了上來……當我回過神來時，已經開槍了嘛！」**

「……」

「起初本來只是想嚇嚇你，看見羅伯特的臉孔扭曲，我也可以撫平點情緒……但是你的反應實在太有趣了，讓身為幽靈的我也很有成就感，一不小心就……」

「……荻深樹，妳站旁邊點。我要把這女鬼連同戒指一起轟了。」或許是憤怒與恐懼到達臨界點，物極必反，路卡異常冷靜的退到數公尺遠，一抹手上的烙印，打算當場召喚出狙擊槍。

「不要衝動！我知道錯了！對不起，對不起嘛！只是遺願未了我也無法升天啊！」

「妳這差點把人打成蜂窩的女鬼還有什麼遺願啦！」

被和未婚夫長相完全相同的人一罵，莉莉絲哭得更大聲了。好險是幽靈，高分貝只有在場幾個人受到影響。

「我還是想和以前那樣跟羅伯特一起約會，就算知道他是個無可救藥的大混蛋，還

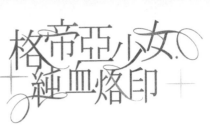

是想回到以前和他一起生活的時光啊！我就是喜歡他嘛！」

不行，這女人真的沒救了。

「所以……就算只有一次也好，我想和羅伯特好好約會啊！一次就夠了！」事實證明人死了還是會流淚，如今滿臉眼淚鼻涕的莉莉絲朝路卡撲了過去，**「求求你達成我的願望吧，另一個羅伯特先生！」**

「我叫做路卡！」

「我也拜託您了，路卡先生。」艾米爾也一起低頭懇求，「莉莉絲小姐這樣真的很可憐，我不忍心。」

眼前一人一鬼向他低聲下氣，恐懼非科學力量的路卡拒絕也不是、逃跑也不是，轉而向旁邊的荻深樹求救。

「你就幫幫她嘛？又不會少塊肉。」荻通訊官不痛不癢的聳聳肩。

她竟然毫不猶豫的把他推出去送給女鬼！路卡淡淡的少女情懷發出了哀號。

「……只要去哪邊吃吃飯、買買東西、繞一繞街上就行了，對吧？」再這樣被女鬼折磨下去也不是辦法，路卡搔搔臉頰，百般不願的走到莉莉絲面前，「只有這次喔。結束了妳就得好好重新做人，知道嗎？」

「嗚嗚，謝謝你，另一個羅伯特先生——」

「我叫做路卡！」

滿臉鼻涕的女鬼欣喜的貼上來。

「走開，不要靠近我啊啊啊啊！」

膽小鬼路卡好不容易建立起來的勇氣再次瓦解崩壞，好險飛撲上來的莉莉絲馬上穿透了他的身體，獨自擁抱著空氣。

「那事情就好辦了，現在還差一個幫手。」事情解決了一半，艾米爾的神情也變得柔和起來，「莉莉絲小姐是幽靈，脫離百里醫生的術法後就無法現形，還需要一個附體才可以。」

「就是要再找一個讓她附身的人囉？」

莉莉絲淚眼婆娑的朝救命恩人艾米爾看了過去。

「請不要這樣，我是直男。」艾米爾有些嫌棄的斜視了路卡一眼。

「你那什麼眼神啊！該嫌棄的是我才對吧！」路卡怒道。

被溫順美少年打了記回馬槍，欲哭無淚的莉莉絲轉而求助剛剛撲空的娃娃臉：**「那不然，另一個羅伯特先生——」**

「那不是本末倒置了嗎！還有要說幾次，我叫做路卡啦！」自攻自受成何體統，這樣走出去這約會能看嗎！

艾米爾趕在莉莉絲要找其他人抓交替的時候事先警告：「白火小姐也不行。被暮雨科長發現的話，您恐怕連投胎的機會都沒有。」估計還沒活到下輩子就直接被凍成萬年冰雕。

「那還剩下誰啊……」

女鬼飄了飄，最後哭腫的眼睛停在一臉悠閒的女通訊官身上。

「嘎，我嗎？」當聽眾當到有點睏，本來打算偷溜回去睡覺的荻深樹指了指自己的鼻子。

「可、可以嗎？」莉莉絲有些怯弱的說道：**「我之前還想要殺了妳，妳沒打算原諒我對吧？」**

「妳說半夜偷襲的事情啊？我是不在意啦——反正電腦裝回去還能用，之後壞掉再用保固期蒙混過去就好啦。房間也整理好了。」

「妳真的願意幫我嗎？」

「包在我身上吧！我可是助人為快樂之本的荻通訊官啊！」荻深樹大力的拍拍自己

頗有料的胸脯，「而且人生一輩子被附身的機會可不多，靈異事件超有趣的啊！」

連女鬼也聽得出來最後一句才是重點。

「太好了，莉莉絲小姐。」這下事情也算圓滿解決，之後把這兩人——應該說兩人一鬼推出去作媒就可以畫下句點了，艾米爾這時發現向來膽小聒噪的娃娃臉竟然有點安靜，「路卡先生，怎麼了？」

火紅夕陽的緣故，路卡紅著張臉，嘴巴開開合合像條溺水的魚，「沒、沒什麼。」最後他佯裝冷靜的把頭扭過去，再也不說話了。

★※★◎★※★

這個休假日，路卡和荻深樹（裡頭是女鬼）在眾人驚訝與關愛的眼神下，開始了第一次，可能也是最後一次的單獨約會。

行程相當普通，但無論是任何觀光景點或小互動，荻深樹（裡頭是女鬼）都滿溢著幸福笑容，從沒見過她的行為舉止如此溫柔婉約，路卡竟然有點希望幽靈要是附身在通訊官身上一輩子就好了。

到了夜晚，兩人來到市街區熱門的眺望臺觀賞夜景，路卡攀著眺望臺上的欄杆，俯視眼下百萬顆燈泡的燈芒，有點類似漆黑海面上搖曳的漁火。

他悄悄瞥了一眼身邊的荻深樹——不，應該說是借用荻深樹身體的女幽靈——多半是被附體的緣故，距離近到根本可說是肌膚相貼的路卡，卻只頻頻感覺到一股涼意透過身旁女性的手臂傳遞而上。

「這下滿意了吧？」路卡瞧著被夜燈奪走風采的黑青色天空說道。

「我想這應該就是我的最後一站了，謝謝你，路卡先生。」

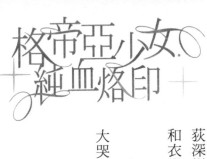

糾正了一整天，女幽靈總算記住他的名字了，有點欣慰的路卡下意識偏頭一看——荻深樹（裡頭是女鬼）的眼淚竟然啪踏啪踏的從眼眶裡滴出來，源源不絕，沾濕了下顎和衣襟。

「妳、妳哭什麼啊！」

看著向來沒流過淚的荻通訊官先是強忍住嗚咽聲，粗魯的抹掉眼淚，最後還是放聲大哭了起來，路卡驚慌失措了好一陣子才拿出手帕往對方臉上按下去。

「不要哭了，妳哭成這樣我也不知道該怎麼辦啊！」

「如果我喜歡的人是路卡先生就好了，如果再晚個幾十年出生，說不定就能遇見像路卡先生這樣的好人了……」

荻深樹——不，莉莉絲像是終於盼望到等待之人的嬰孩般，明知道不可以，仍無法自拔的用胳臂環住路卡的頸部，濡濕的臉埋進對方胸膛裡。

「路卡先生，你千萬不要變得像我一樣等到死了才再後悔，一定要好好正視自己的感情，把握住幸福啊……像路卡先生這麼溫柔善良的人，一定沒問題的。」

「莉莉絲……」其實這女鬼還不壞嘛，情緒渲染之下，路卡眼睛也酸澀了起來。對離別相當沒免疫力的他先是縮回手，而後膽怯的回抱住對方，鼓勵道：「下輩子妳也要好好加油啊。」

他是不太懂輪迴轉生什麼的，也沒有特殊信仰，但唯一能確定的是，莉莉絲的終點就是這瞬間了吧。

「就算消失了，我也會祈禱路卡先生的幸福的，請連我的分一起好好活下去……」

路卡感受到一股有別於冷涼氣息的熱能，彷彿有種力量從荻深樹體內破殼而出，湧上了螢火般的點點光芒。螢光脫離路卡的懷抱，勾勒出微彎的弧度裊裊攀升。

他一面聽著莉莉絲的吐息消失在風聲中，一丁點、一丁點，終於最後一顆螢雪也脫離荻深樹的身軀，攀爬到遙不可及的夜色高空。

路卡痴痴望著消逝在夜晚中的螢雪，莉莉絲的靈魂多半成為天空中的其中一顆星星了吧，向來不太富有想像力、也不擅長跳躍思考的他如此猜測。

「荻深樹，其實我覺得……妳也不算壞人啦。」

完全沒有靈力的他也能察覺到女幽靈消失了，莉莉絲依稀殘留的聲音仍像是某股力量般推了他背後一把，一股暖流灌注到他的胸口。而當路卡回過神來時，這句話已脫口而出。

「雖然妳當初把我騙進局裡來，又總是欺負我，而且還老是對我說一些沒道德的鬼故事……但是剛進局裡妳負起全責指導我，我被其他人刁難時也是妳挺身而出，沒有比妳更可靠的前輩了。」

「……」

「從以前到現在，妳始終陪伴在我身邊，作戰時只要聽見妳的聲音，我就覺得自己充滿勇氣，好像什麼都能辦到……而且，妳也挺……可、可、可愛的……」

「……呼……」

「所以，我想告訴妳——」

猛然覺得懷裡的身體有點重，這女人怎麼會全身脫力往前倒啊？路卡沒多想的低頭一看。

「我說，荻深樹？」

「呼嚕嚕嚕嚕……」

被他扶住肩膀的荻深樹，此刻正半張著嘴，仰頭對著天空打呼。

「……」

鼾聲大到路卡幾乎聽不見打呼以外的聲音，前一刻狂跳的心跳恢復平緩，他盯著這樣的通訊官良久，心中的某種感情好像硬生生被人劈成兩半，破碎風化去了。

「妳這個女人實在是——！」

少女心全碎了的路卡隨著怒吼把通訊官扔出去，詭異的是荻深樹睡死就算了，竟然還有力氣巴著他不放——昏睡的荻深樹仍舊環抱住他的脖子，黏得和橡皮糖似的推都推不走。

「妳這女人、妳這女人……信不信我真的把妳丟到陽臺下自生自滅！」

「呼嚕嚕嚕——」

「走開，不要把口水抹在我的衣服上！」

★※★◎★※★

莉莉絲幽靈事件平安落幕後又過了幾天，艾米爾乘著化為龍形的朔月飛上空，來到和管理局有段距離的某座山中。

四周無聲無息，當然也沒有登山者闢出的小徑，艾米爾請朔月降落在山裡的某座湖泊旁。朔月落地後，艾米爾俐落的跳下和地面仍有一段距離的龍背，著地在湖邊。

「擅自銷毀時空碎片是大忌……但是這次應該沒關係吧。」

艾米爾跪坐在清澈見底的湖前，湖面映照著天空與綠蔭，以及探出頭來的他那金髮藍眼的面容。他伸出手，手裡握著的銀色戒指也倒映在湖面上，湖泊水面上飄出了另一枚戒指。

「反正放著也不會有人來拿了。」

他將莉莉絲的戒指攤在手心，「要對大家保密喔？」對身後俯在地上歇息的巨大飛龍柔柔一笑，比了個噤聲的手勢。

躺在地上、收起翅膀的朔月發出類似是某種動物的低鳴聲，半瞇著眼，看起來心情不錯。

「希望大家都能獲得幸福，莉莉絲小姐也是……所有人都是。」艾米爾發出歌聲般的低喃，垂著眼簾將掌心沉入冰涼的湖泊中。

湖水滲進指縫，蓋過他的掌心，當他的手從湖中脫離時，莉莉絲的戒指彷彿被海浪吞沒的沙粒般，被湖水牽引而去。湖面揚起一陣漣漪，波紋隨風相繼四起，湖面回歸平靜後，銀色的戒指早已成為粼粼湖光的一部分。

——因此，父親，我果然還是……

艾米爾凝視著彷彿能映照他內心一切情感的清澈湖面，發出不為人知的低語。

「回去吧，朔月。」

臨走前，他和煦的面容閃過一瞬誰也不曾目睹的陰鬱，僅僅一秒，他再度恢復昔日的輕柔微笑，和朔月乘著風離去。

番外《第二分局的鬼故事》完

敬請期待更精采的《格帝亞少女～純血烙印03》

拯救世界吧！
少女魔王！
NOVEL
三千琉璃
ILLUST
董花
魔王陛下＋愛的守護者＋坑爹勇者軍團，出擊！
全套七集、全國各大書店、
租書店、網路書店持續熱賣中
典藏閣
華文聯合出版平台
www.book4u.com.tw
采舍國際
www.silkbook.com
不思議工作室_
立即搜尋
版權所有© Copyright 2

創世記典Online萬聖嘉年華：
我的王者變公主?!
Novel 蒼漓 illust touko
不惡搞，就不是創世記典Online！
打飛天女巫、打南瓜怪、打蝙蝠……
萬聖節主題活動哪能那麼平凡！於是——
遊戲官方的好心(?)成了王者與扉空的最大惡夢!!!
隨書附贈驚喜彩色拉頁！想看女裝版王者和扉空？那就買書吧！
典藏閣
華文聯合出版平台
www.book4u.com.tw
采舍國際
www.silkbook.com
不思議工作室_
立即搜尋
版權所有© Copyright 2016

變態靈異學院
is a little strange.
Novel 蝙蝠×illust TaaRO
ㄈㄨ力全開超經典
拜特學院全新再出發，
知名繪師集結慶賀：
TaaRO、非光、夜風、花信
過去沒有，現在一次擁有！
變態靈異學院 1
變態靈異學院 2

飛小說系列 158

格帝亞少女～純血烙印 02
在未來世界賭命工作吧！

出版者■典藏閣
作　者■響生　繪　者■高橋麵包
總編輯■歐綾纖
製作團隊■不思議工作室

郵撥帳號■50017206 采舍國際有限公司（郵撥購買，請另付一成郵資）
台灣出版中心■新北市中和區中山路 2 段 366 巷 10 號 10 樓
電　話■(02) 2248-7896　傳　真■(02) 2248-7758
物流中心■新北市中和區中山路 2 段 366 巷 10 號 3 樓
電　話■(02) 8245-8786　傳　真■(02) 8245-8718
ISBN■978-986-271-755-4
出版日期■2017 年 3 月

全球華文國際市場總代理／采舍國際
地　址■新北市中和區中山路 2 段 366 巷 10 號 3 樓
電　話■(02) 8245-8786　傳　真■(02) 8245-8718

新絲路網路書店
地　址■新北市中和區中山路 2 段 366 巷 10 號 10 樓
網　址■www.silkbook.com
電　話■(02) 8245-9896
傳　真■(02) 8245-8819

☞您在什麼地方購買本書？☜

1. 便利商店（______市／縣）：□7-11　□全家　□萊爾富　□其他______

2. 網路書店：□新絲路　□博客來　□金石堂　□其他______

3. 書店（______市／縣）：□金石堂　□蛙蛙書店　□安利美特animate　□其他____

姓名：______地址：______

聯絡電話：______電子郵箱：______

您的性別：□男　□女　　您的生日：______年______月______日

（請務必填妥基本資料，以利贈品寄送）

您的職業：□上班族　□學生　□服務業　□軍警公教　□資訊業　□娛樂相關產業
□自由業　□其他______

您的學歷：□高中（含高中以下）　□專科、大學　□研究所以上

☞購買前☜

您從何處得知本書：□逛書店　□網路廣告（網站：______）　□親友介紹
（可複選）　□出版書訊　□銷售人員推薦　□其他______

本書吸引您的原因：□書名很好　□封面精美　□書腰文字　□封底文字　□欣賞作家
（可複選）　□喜歡畫家　□價格合理　□題材有趣　□廣告印象深刻
□其他______

☞購買後☜

您滿意的部份：□書名　□封面　□故事內容　□版面編排　□價格　□贈品
（可複選）　□其他

不滿意的部份：□書名　□封面　□故事內容　□版面編排　□價格　□贈品
（可複選）　□其他

您對本書以及典藏閣的建議______

______

______

✌未來您是否願意收到相關書訊？□是　□否

✍感謝您寶貴的意見✍

印刷品

$3.5
請貼
3.5元
郵票
不思議信箱
FUSIGI POST

235 新北市中和區中山路二段366巷10號10樓

華文網出版集團　收

（典藏閣－不思議工作室）

格帝亞少女
Goetia
純血烙印
02